오늘
마음은
—
—
이 책

오늘
마음은
─
─
이 책

김신회 에세이

오브바이포
of by for

백 일 의 일 기
백 권 의 책
목록

딱히 대단한 걸 하고 사는 것도 아닌데

하루하루는 휙 지나가고

이제껏 느껴온 것들도 어디론가 사라져 있다.

그게 문득, 아깝다는 생각이 들어

결심을 했다.

매일 일기를 쓰자.

매일 책을 읽고 기록을 남기자.

이 책은 그렇게 시작된 내 루틴에 대한 기록이다.

001

　　오랜만에 온 집안을 손걸레질했다. 손가락이 점점 아팠지만 오늘만큼은 아랑곳하지 않기로 했다. 그동안 이 많은 먼지를 달고 살았던 건가! 온몸 구석구석 쌓인 때를 벗겨내는 느낌! 할 때는 힘들지만 하고 나면 이것만큼 보람찬 게 없다. 도저히 자주는 못 하겠지만.

오늘은 〈맛있는 녀석들〉 본방이 있는 날이다. 이거 때문에 금요일 저녁에는 웬만하면 밖에 안 나간다. 친구를 만날 일이 있어도 집으로 오라고 한다. 부득이하게 밖에 나가더라도 자정 전에는 집에 들어온다. 열두 시 반쯤 그날 한 본방을 재방송하기 때문이다. 그런 식으로 약 일 년 반 전부터 하루도 안 빼놓고 보고 있다.

요즘은 유민상이 제일 웃기다. 행동 하나하나 표정 하나하나가 다 웃겨서 볼 때마다 엄마 미소를 짓게 된다. 하지만 지예는 그런 나를 걱정한다. 가끔 "언니 유민상이 사귀자고 하면 사귈 거예요?"를 묻는데, 나는 늘 "어! 당연하지!"라고 하고, 그럴 때마다 지예는 풀죽은 목소리로 "저는 반대예요….." 한다. 우리는 유민상은 알지도 못하는 이런 식의 대화를 이어가며 김칫국을 마신다.

하지만 장담하건대 〈맛있는 녀석들〉을 계속 보면 누구든 그의 매력에 빠지게 돼 있다.

마이클 부스 | 글항아리

어느 날, 친구가 추천한 일본 음식 책 한 권을 계기로 그동안 일
본 음식에 대한 자신의 지식이 얼마나 빈약했는지를 깨달은 작
가. 그는 밀려드는 호기심과 탐구 정신에 일본 전역을 누비는 미
식 여행을 떠나기로 한다.

나 역시 십여 년 전 음식 책을 쓰기 위해 일본에 취재 여행을 간
적이 있는데, 그 기억은 '소중했던 개고생(!)'으로 남아 있기에
'이 사람도 이 책을 쓰느라 얼마나 힘들었을까?' 하고 감정 이입
을 하고 말았다. 심지어 작가는 아이 둘, 부인과 함께 다녔다는
데, 어후…. 그렇지만 작가의 진지함, 다급함과는 다른 가족들
의 시큰둥함, 천하태평함이 책에 재미를 더한다.

그들이 삿포로 아이누족 박물관에 갔을 때 안내인은 자신들의
종교가 곰과 밀접한 관계가 있다고 설명하는데, 그걸 들은 아이
가 묻는다. "아는 곰 있어요?"

그 이유는 그동안 저자는 자기랑 곰돌이 푸가 친하다는 거짓말
을 해왔는데, 아이는 그걸 믿고 아직까지 그에게 곰돌이 푸를 소
개해 달라고 한다고 한다. 그래서 그 안내인에게도 아는 곰을 소
개받으려고 한 모양이라고. 너무 귀엽지 않나!

고래 고기, 와사비 채집 등 일본 특유의 음식 문화가 속속 등장
하는 책임에도 이렇게 엉뚱한 에피소드에 마음이 더 움직였다.

엄챙과 주현 언니를 만나고 왔다. 두 사람을 만나고 올 때마다 드는 생각은 '이 사람들은 나를 어린아이로 만드는구나'다. 실은 두 사람이 그렇게 만드는 게 아니라 나 혼자 그렇게 되어버리는 거다. 딱히 나이 차이가 많이 나는 것도 아닌데 언니들 앞에서는 늘 애가 된다. 실수도 많이 하고 혼도 나고 별것 아닌 일에 속상해하고, 뜬금없이 신경질도 낸다. 그러다가도 금방 풀어진다. 안 풀어질 경우에는 띡 이야기한다. 나 그때 기분 나빴거든? 이러면서.

엄챙과 한동안 절교하다 다시 만났을 때, 주현 언니는 우리가 같이 있는 모습을 보고 울었다. 그 모습을 사진까지 찍고 놀렸지만, 속으로는 나도 울고 있었다. 언니의 눈물이 고마웠다. 미안하기도 했다. 그럼에도 그 말을 입 밖으로 꺼내지는 않았다. 멋쩍고 민망해서 그냥 가만히 있었다. 나는 언니들에게 아이가 아닌가, 변명하면서.

모든 어른에게는 자신을 어린아이로 만들어줄 사람이 필요하다. 그건 가족일 수도, 연인일 수도, 친구일 수도, 스스로일 수도 있다. 그런 존재가 없는 인생은 버티기 힘들 것 같다.

난 언니들이 있어서 이만큼 산다.

2 _____ 꼼짝도 하기 싫은 사람들을 위한 요가
제프 다이어 | 웅진지식하우스

몇 년 전에 주현 언니한테 소개받고 좋아하게 된 책. '제프 다이어Geoff Dyer'라는 유명한, 하지만 나는 몰랐던 작가가 로마, 암스테르담, 캄보디아 등을 여행하며 겪은 사건과 그곳에서 만난 사람들에 대해 이야기하는 책이다. 여행 에세이라고 하기에는 소설 같기도 하고 촘촘하게 그린, 커다란 그림 한 장을 보는 것도 같다. 눈이 쨍한 사진 몇 장을 연달아 구경하는 느낌도 든다.

그가 발리의 초록을 묘사한 글이 유난히 기억에 남는다. 발리의 우붓을 여행할 때마다 눈앞을 채우는 초록 식물의 강렬함에 '이게 다 어디서 온 거지?'라는 생각을 여러 번 했는데, 그는 그걸 '하나의 색이라기보다 주변을 장악하는 어떤 울림'이라고 표현했다. 우붓에서는 모든 것이 이미 녹색이거나 녹색이 되어가고 있다는 그의 묘사를 읽었을 때는 마치 눈앞에 우붓의 초록빛 자연이 펼쳐져 있는 것 같았다.

조만간 트렁크 구석에 이 책 한 권 넣고 가는 여행을 하고 싶다.

003

몇 년 전에 만났던 남자의 이름을 구글에 쳐봤다. 검색하자마자 그가 해사한 표정으로 웃고 있는 사진이 떠서 깜짝 놀랐다. 나에게는 잘 보여주지 않던 얼굴이다. 그걸 보고 금세 귀엽구나, 느끼는 내 모습에 경악했다. 이어서 그의 SNS가 떴고 다음, 다음을 누르다 보니 대학원 장학생 명단에 들어 있는 그의 이름, 김치 담그는 봉사활동을 하는 사진이 검색됐다.

한참을 보다 보니 우리가 함께한 시간이 떠올랐다. 분노와 한숨과 몰이해와 황당함으로 점철된 시간들이었다. 통하는 건 하나도 없었지만 나는 그를 참 좋아했다. 정확히 말하면 좋아하기로 결심했더니 어느새 정이 들었다.

그를 만날 때는 외로웠다. 그때는 좋아하는 사람이 생기길 바라는 마음보다, 남자친구라는 존재가 있으면 좋겠다고 생각했기 때문이다. 무턱대고 의지할 누군가가, 누군지도 모르는 그 누군가가 그리웠다. 그래서 잘될 구석이라고는 하나도 없는 그를 만나면서 감정을 소모하고 시간과 에너지를 썼다. 그가 잠수를 타고 연락이 두절되는 것으로 우리 만남은 끝이 났는데, 지금 생각하면 다행인 것 같다. 당시에는 속으로 내 탓을 엄청 하고, 후회도 했지만 시간이 지난 지금은 그러고 싶지가 않다. 그때는 그럴 만해서 그런 거였다. 사람에게는 자기도 모르게, 뻔히 알면서도 무너질 때가 있다.

그러면서도 검색을 그만둘 수가 없는 건 왜냐! 누가 손을 묶어 놓지 않는 한 밤새도록 검색창에서 헤엄을 칠 것 같아서 체념하듯 창을 닫았다. 벌써 아침이 오고 있는데, 불 끄고 자자 생각해도 잠도 안 오고!

그날 이후 사흘 동안 그 남자 생각이 났다. 이제는 만날 수도, 연락할 수도 없는데 계속 곱씹고 있는 내가 있었다. 대체 뭐 하는 짓이냐. 다 내가 벌인 짓거리이니 누구한테 따질 수도 없고 거참.

3 ———————— 나는 외롭다고 아무나 만나지 않는다

양창순 | 다산북스

이 책의 제목을 처음 봤을 때, 이런 생각을 했다. 외롭다고 아무나 만나지 않는 사람이 얼마나 될까? 그러다 퍼뜩 느꼈다. 아니, 다들 아무리 외로워도 아무나 만나지 않는 건가? 나만 그러고 있었던 건가?

연애에 어려움을 겪을 때 발견한 책이어서인지 책 제목부터 가슴을 후벼 팠다. 타인에게 의존하고, 집착하는 마음이 클수록 상대에게 더 많이 퍼주게 되고, 해준 만큼 돌려주지 않는 상대를 원망하게 된다는 대목에서 유난히 고개를 끄덕였다. 이는 인간관계에도 적용되는 말이 아닌가. 열심히 하려고 하면 할수록 망가져가던 내 지난 관계들이여, 자니…? 이러면서.

이 밖에도 과거의 연애를 잊지 못하는 사람, 내 맘 같지 않은 관계 때문에 삶에도 자신감을 잃어가는 사람 등 안쓰러운 사연들이 속속 등장한다. 자칫 드라마틱하게 느껴지는 이야기들이지만 조금만 생각해보면 내 일이고, 주변 사람들의 일인 것 같아 다 읽고 나면 정신이 번쩍 든다. 큰 위로도 된다.

망가진 연애에서 헤어나고 싶은 사람, 다시는 그러고 싶지 않은 사람을 위한 책이다.

004

　　사정이 어려워지고 마음이 각박해지면 사람이 그
만큼 더 찌질해질 것 같지만 그렇지 않다. 오히려 거만해진다.
더 크고 시끄럽게 행동하거나 위악을 부린다. 자존심 상하네, 라
는 생각도 유난히 자주 한다. 몇 년 전에 내가 그랬다.
　그때는 밑도 끝도 없는 거만함과 부풀린 자의식으로 초라함을
얼버무리느라 바빴다. 이러면 무시당하지 않겠지, 이러면 내가
부족한 게 들키지 않겠지, 하면서 시도 때도 없이 날을 세우고
다녔다.
　내가 그런 적이 있어서일까. 이제는 그런 사람들이 금방 보인다.
힘들어서 더 모질어지는 사람들, 외로워서 더 화를 자주 내는 사
람들. 그들을 대할 때마다 예전에는 왜 저래? 하고 짜증이 났지
만 이제는 그러려니 한다. 나도 그랬는데, 하면서.

다부사 에이코 | 이마

다부사 에이코田房 永子는《엄마를 미워해도 될까요?》라는 만화
책을 통해 처음 알게 되었다. 엄마와의 남다른 관계 때문에 일생
전반을 고통 속에 산 그의 자전적 만화를 읽고, 같은 딸로서 많
이 공감했다. 그 이후에 만난 이 만화책은 제목을 읽자마자 사지
않을 수가 없었다! 완전 나잖아!

원만하지 않은 가정사 때문인지 주인공(작가 본인)은 분노 조절
을 못 하는 엄마가 되어버렸다. 사소한 일에도 화내고 소리 지르
고 물건을 집어 던진다. 그러고 나서는 밀려오는 죄책감에 고통
스럽다. 만화에는 그런 자신을 마주 보고, 인정하고, 또 달라지
기 위해 노력하고 실천하는 모습이 담겨 있다. 웃기기보다는 마
음 아린 만화다. 읽는 동안 나의 분노 흑역사가 떠올라 등줄기가
서늘해지기도 하고.

그렇지만 화를 잘 내는 사람은 인내심이 없는 사람이 아니라, 화
를 내지 않고는 표현할 수 없는 사연을 갖고 있는 사람이라고 믿
는다. 걸핏하면 화를 내는 사람은 그 안에 거대한 슬픔을 품고
있는 사람이라고 믿는다. 자기 마음을 알아주는 사람이 아무도
없다고 생각하는 사람일수록 화를 자주 낸다. 그런 의미에서 화
를 잘 내는 사람은 외로운 사람이다.

하루에도 몇 번씩 하는 생각, 예민하게 굴지 말자.

근데 이게 난데,

뭘 그리 자꾸 단도리하나 싶고.

　　　　일기 책을 쓰겠다고 큰소리 떵떵 쳐놓고 정작 일기를 안 쓰고 있다. 예전에는 종종 썼는데 막상 일이 되니 억지로 작업하는 것 같아 손이 안 움직여진다. 내내 빈둥거리다가 오늘은 갑자기 개학날이 다가온 초등학생처럼 불안해졌다.

친구에게 이런저런 염려를 털어놓았다. "이런 책을 사람들이 읽을까? 재미는 있겠어? 자신이 없네…." 한참 듣던 친구가 말했다. "난 재미있을 것 같은데. 네 이야기잖아. 네 이야기를 읽을 수 있는 거잖아."

친구는 나를 좋아한다. 독자들도 그렇게 나를 좋아해주면 좋을 텐데. 하지만 그 생각은 너무 욕심인 것 같아서 멀리 치워놓았다. 일단 쓰자. 죽이 되든 밥이 되든 일단은 써봐야 될 거 아니냐.

그런데 뭘 어떻게 써야 할지 모르겠다. 나는 일상을 이야기하는 데 그다지 익숙하지 않은 사람인가 보다. 쓰고 나면 모든 게 다 TMI 같다. 이런 거 써도 되는 건가. 이런 이야기 재미 하나도 없지 않나? 이런 걸 누가 읽겠어?… 이러면서 그동안 써둔 걸 박박 지워버렸다.

심리 상담을 받을 때 이런 이야기를 했더니 선생님이 말씀하셨다. "사람들은 사소한 이야기를 좋아하지요. 누군가의 사소한 이야기에 귀 기울인다는 것은 피상적인 관계를 넘어 그 사람을 깊이 있게 알고 싶다는 뜻이에요. 그리고 그 과정을 통해서 마음의 울림을 경험하지요. 나만 이렇게 생각하는 게 아니었구나, 나만 이상한 게 아니었구나… 하고요. 신회 씨의 일기가 독자들한테 그런 공감을 전해줄 수 있지 않을까요?"

그때는 고개를 끄덕였지만 이제 와서는 의문이 든다. 저는 지금 이런 걸 쓰고 있는데요. 이런 일기도 괜찮을까요? 저는 모르겠는데, 선생님은 어떻게 생각하세요?

소소한 사건들

롤랑 바르트 | 포토넷

내 일기는 잘 모르겠지만 남의 일기를 읽는 건 재미있다. 사소한 이야기일수록 귀를 쫑긋하게 된다.

이 책 역시 매일매일의 메모와 일기를 담은 책이었는데, 내가 모르는 누군가를 만나고 어딘가에 가고, 점심으로는 이런 걸 먹었다고 쓴 부분에서 묘하게 현실감이 느껴졌다. 아기 손가락 같은 그 문장들을 샅샅이 읽으면서 나도 모르게 "그랬냐?" 했다. 특별한 걸 한 건 아니네? 그렇다고 궁금하지 않은 것도 아니네?

하긴, 원래 일기란 이런 거겠지. 다듬어지지 않아서, 그래서 그 사람을 더욱 잘 드러내는 글.

'이십세기 후반 가장 뛰어난 프랑스 지성인 가운데 한 명'이라는 사람의 일기도 지성이 뭔지도 모르는 내 일기와 다를 바가 없었다. 예민하고, 찌질하고, 유난스러운 그의 진심과 생각이 정리되지 않은 듯 쓰인 글들을 읽다 보니 마음이 놓였다. 그 '내용 없음'이 더 많은 내용을 품고 있는 것 같았다.

그의 일기에는 파리에 있는 〈카페 드 플로르Café de Flore〉가 자주 나오던데, 나 역시 두 번 가본 적이 있는 곳이어서 왠지 그와 약소한 연결고리라도 생긴 느낌이었다.

006

　　내 책을 읽고 일을 의뢰하는 사람들 중 적지 않은 사람들이 나=보노보노인 줄 아는 듯. 할 말 못 하고, 머뭇거리고, 부탁을 하면 '네, 할게요…'라고 대답할 줄 아는지 사정이 있어서 참여하지 못할 것 같아요, 그건 좀 힘들 것 같습니다, 라고 말하면 전화기 너머에서 묵직하게 놀라는 게 느껴진다. 난 보노보노가 아닌데.

그러면서도 실은 그렇게 거절하고 나면 한참을 끙끙댄다.

결국 나는 보노보노인 건가.

신현경 | 예담

어느 날, 아무것도 버리지 못해서 온갖 짐을 이고 지고 사는 호더Hoarder에 대한 다큐멘터리를 보고 저게 내 모습은 아닐까 반성하게 되었다는 작가. 그가 딱 일 년 동안, 하루에 하나씩 버리는 삶을 실천하며 그 기록을 그림과 글로 남긴다. 이른바 1일 1폐 프로젝트다.

책에는 그가 매일같이 버린 물건들의 그림과 그 물건을 둘러싼 이야기, 하루하루를 살면서 생긴 크고 작은 일들이 자분자분 적혀 있다. 스르륵 책장을 넘기다가도 가끔 눈시울이 쿡 뜨거워진다.

특히 마음이 맞지 않는 편집자와 일하기를 단념했다고 쓴 부분에 유난히 공감이 갔다. 나는 평소에 남 눈치를 많이 보고, 거절해놓고도 후회하거나 곱씹는 사람이라서, 고민의 시간을 거쳐 단호하게 아니라고 결정했다는 이야기에 울컥하고 말았다.

솔직하게 말하는 사람들을 보면 눈물이 난다. 하지만 그건 좋은 눈물이다. 그 사람이 품었을 두려움, 그렇게 말하기로 결심한 용기에 가슴이 뜨거워진다. 어른스러우면서도 아이 같은, 지혜로우면서도 순수한 마음이 담긴 이 책을 읽고 역시 선현경 작가님의 글은 좋구나, 를 느꼈다.

"이따가 너희 집으로 뭐 좀 갖다줄게."

오후에 친구가 문자를 보냈다. 그 말에 아니라고, 됐다고 하니 그는 자기한테 미안해서 그러는 줄 알고 괜찮다고, 전혀 그럴 필요 없다고 했다. 너야말로 전혀 그럴 필요가 없다. 귀찮아서 그러는 거잖아. 방해받고 싶지 않아서. 그렇게 불쑥 우리 집에 오려고 하는 사람은 별로다. 집에 혼자 있는 시간은 진짜 집에 혼자만 있고 싶다.

그러다가도 갑자기 외로워져서 휴대폰을 만지작거리고, 사람을 부르거나 친구한테 전화해서 쓸데없는 이야기를 이어갈 때도 있다. 전화를 끊고 나면 다시 '역시, 혼자가 좋지' 한다. 괜히 다급한 마음에 단체 카톡방을 들락거리며 약속도 잡는다. 그런데 정작 그날이 오면 나가기 싫어서 미쳐버릴 것 같다.

혼자 있어도 같이 있고 싶은 기분. 정작 같이 있으면 도망치고 싶은 기분. 이런 거 나만 있나?

한동안 내향적인 성격에 대해 말하는 책을 자주 찾아 읽었다. 그런 책이라면 내 성격에 대해 속 시원히 알려줄 것 같았다. 나 역시 다른 사람들처럼 대범하고, 발랄하고, 적극적으로 소통하며 살고 싶은데 그렇게 행동하는 걸 생각만 해도 피곤해진다. 그러면서도 비교적 많은 날들을 외향적인 척하며 살아왔고 또 살아가고 있다.

나는 외향적인 사람일까? 외향적인 사람을 동경하는 사람일까? 아니면 이도 저도 아닌 사람일까? 마흔을 넘게 살았으면서도 내가 어떤 사람인지 모르겠다. 그래서 내 모습을 글로 풀어 써놓은 것 같은 책을 발견할 때마다 반갑다.

이 책은 세상이 조롱하듯 말하는 예민함, 소심함을 '민감함'이라고 칭한다. 민감함은 또 다른 재능이라 말하며 민감함이 가진 창조성, 공감 능력, 신중함에 주목한다. 책을 읽으며 그동안 그저 못난 모습이라고만 생각했던 내 성격의 긍정적인 면을 깨달을 수 있었다.

소심하고 예민한 성향에 물음표를 갖고 살아가는 사람이라면, 이 책이 도움이 될 것 같다. 내가 그랬던 것처럼.

———

늘 자신 있게, 당당하게 살아라.
엄마가 자주 하시던 그 말씀이 결국은
엄마 당신에게 들려주는 말이었다는 것을 이제는 알겠다.
나 역시 요즘은 스스로에게 그런 말을 한다.

———

너무 걱정 마, 어떻게든 되겠지, 그냥 하고 싶은 대로 해.

그런 말을 내 입으로 하면서 내가 듣는 것이다.

가끔은 책에도 쓴다.

사실 내가 쓴 책은 다 나한테 하는 말이다.

008

       사람 냄새를 강조하는 사람에게서는 유난히 사람 냄새가 안 난다. 사람의 소중함에 대해 떠들고 다니는 사람의 마음 안에는 사람이 있다. 바로 '나'라는 사람. 그가 줄기차게 주장하는 사람은 '우리'가 아니고 '나'다.

그런 사람이 하는 '무엇보다 사람이 중요하지'는 '무엇보다 내가 중요하지'라는 뜻. '다 사람이 하는 일인데'는 '다 내가 하는 일인데'로 들으면 된다.

진짜 사람을 아끼는 사람은 사람의 소중함에 대해 그렇게 떠들지 않는다. 행동으로 보여준다. 상대방이 얼마나 소중한 사람인지를. 그리고 그런 사람은 얼마 없다.

이랑 | 달

재미없는 건 아닌데 끝까지는 못 읽을 것 같은 책이 있다. 아름
다운 말들을 반복해서 쓴 책이 그렇다. 처음에는 마음이 촉촉해
지네… 하면서 읽지만 자꾸 그런 말들만 반복되면 알았어 알았
다고, 그만 해… 하면서 책장을 덮게 된다. 듣기 좋은 소리도 한
두 번이지.

그런 의미에서 강약이 있는 책이 좋다. 좋은 얘기도 있지만 누구
흉도 보고 바보 같은 이야기도 던지는 책. 이 사람도 이상한 결
론 만만치 않네, 싶은 책. 그런 책은 왜 이래, 좀 그렇잖아? 하면
서도 끝까지 읽게 된다.

나에겐 이 책이 그렇다. 다양한 이력을 가진 그의 일상에 대해
읽는 것만으로도 흥미로웠지만 자신에 대해 훅 털어놓는 부분에
서 더 깊이 몰입했다.

아빠를 싫어하는 이유를 조목조목 써놓은 에피소드. 그동안 하
도 많이 이사를 해서 지금 사는 집에서는 아침마다 '내가 이렇게
좋은 집에 살아도 되는 걸까?' 하고 불안해진다는 이야기 등 솔
직하고 대담한 글에서 패기와 함께 슬픔과 외로움이 묻어났다.

멋진 문장을 구구절절 쓰지 않았는데도 이 사람의 인생은 참 아
름답다는 게 느껴진다. 사람 냄새에 대해 말하지 않아도 그가 얼
마나 사람을 아끼고 사랑하는 사람인지가 보인다.

'나 오늘 기분이 가라앉아 있구나'를 느끼며 욕실 문을 열었는데 어쩐지 유쾌하지 않은 냄새가 나는 것 같아 욕실 청소를 했다. 아무것도 안 하기로 결심한 날이었는데, 그 어느 때보다 치열하게 청소를 했다. 그러고 났더니 탈진해서 소파에 누워 있는데 지예가 영화를 보자고 카톡을 보냈다. 하지만 진짜 더 이상은 아무것도 하고 싶지 않아서 내일 중요한 일정이 있어서 준비해야 할 것 같다고 말했다(하얀 거짓말). 그러고 나서는 밤 열한 시까지 소파에 누워서 계속 텔레비전만 봤다(불편한 진실).

요즘은 밖에 나가서 사람들과 어울리는 게 영 안 내킨다. 이러다 사회성을 잃어버리는 건가. 나중에는 가게에 가서 물건도 못 사고, 주문할 때도 막 더듬고 그러는 건가. 살짝 두려워지지만 당장 귀찮은 건 어쩔 수가 없다. 자발적으로 섬이 되어가는 느낌. 이러다 진짜 섬이 될까 두려운 느낌. 그러다가도 뭐, 섬 좀 되면 어떤가 싶은 느낌적인 느낌.

예전에는 불러주는 것만으로도 고마워서 아침이고 낮이고 뛰쳐나갔다. 술자리에도 늘 마지막까지 남아 있었다. 하지만 이제는 저질 체력이 그 조바심을 눌러버렸다. 이제는 가뜩이나 안 좋은 컨디션에 무리해서 몸 망가질까 봐, 없던 체력마저 바닥날까 봐 술을 줄이고 만남을 줄이고 매일 이렇게 방구석에 누워 있다. 사회성보다 중요한 건 내 몸이 아니더냐.

몸이 안 좋으면 마음도 안 좋아진다. 좋은 일이 있어도 즐기지 못한다. 며칠 전에 언니랑 이런 말을 했다. "행복을 누리는 것도 능력이지." 그 말은 곧 체력이 능력이라는 말이다. 몸이 튼튼하면 만사가 편해진다는 말이다.

김혼비 | 민음사

생소하게만 느꼈던 여자축구의 세계를 이렇게 시원하고 흥미진
진하게 소개해주다니. 취미로 시작한 축구로 삶에 큰 변화를 경
험하게 된 사람의 이야기를 담은 책이다.

출간 직후 트위터에서 재미있다고 소문이 났다고 들었는데, 우
리 집(1인 가구)에서도 난리가 났다. 자기 전에 몇 장만 읽고 자
려고 했는데, 읽는 내내 몇 번씩이나 육성으로 웃음이 터졌다.
혼자 새벽에 대나무 돗자리 위에 누워서 으흐, 으하하하 울부짖
었다. 아우, 이 책 너무 재밌네.

쓱쓱 읽히는 문장들에, 등장인물들의 캐릭터는 바로 지금 옆에
서 떠들고 있는 것처럼 살아 숨 쉬고, 에피소드 하나하나 깊게
몰입된다. 선수들 사이의 동료애에도 진하게 감동했다.

책 제목처럼 우아하고 호쾌한 글 사이사이로 활기찬 에너지까지
느껴져서 읽는 나까지 땀이 나고, 건강해지는 느낌이다. 비록 방
구석에 드러누워 읽었지만, 이 작가처럼 나도 어딘가를 막 달리
면서 땀 좀 흘려야 하나 하고 아닌 밤중에 피가 끓었다.

010

무례한 사람에게 보일 수 있는 가장 적절한 대응은 비슷한 무례함이라는 걸 알지만, 그걸 행하는 데는 얼굴 빨개지는 게 표시 안 날 정도로 두꺼운 얼굴이 필요하다. 그래서 그러는 대신, 뒤에서 투덜대는 일로 에너지를 허비한다. 비겁하지만 안전한 복수. 그러느라 내 기만 빨린다. 그 사람은 아무것도 모르는데.

그럴 때마다 나는 참 면역력이 없구나 하고 느낀다. 그동안 너무 좋은 사람들만 만나고 살아서일까. 그만큼 인생이 순탄했고 운이 좋았던 걸까. 조금이라도 이상한 사람을 만나면 어쩔 줄을 모르겠다. 상처도 크게 받는다. 별로인 사람들에 대한 면역력이 턱없이 부족하다. 아직도 나는 철부지인가. 아니면 늙어서 이런가. 궁금해진다. 별로인 사람들을 잔뜩 만나서 면역력이 생기는 게 좋은 걸까. 아님 계속 이렇게 후달리며 사는 게 나은 걸까.

인간관계는 결국 면역력의 문제 같다.

저절로 공감하게 되는 제목과 함께 표정을 알 수 없는 표지 그림에 사로잡혀 덥석 집은 만화책. 사소한 것에 대해 이야기하면서 '사람 사는 거 다 그렇죠'라고 씨익 웃는 것 같은 만화책은 그 존재만으로도 고마운데, 이 책도 그랬다.

어떤 옷을 입어도 나이 들어 보이는 이유는 실제로 나이가 들었기 때문이다. 이 나이가 되니 반성할 일이 생기면 내 인생 자체를 반성하게 된다. 우울해하는 일에도 체력이 필요하다… 등 절로 끄덕이게 되는 대사가 공감대를 마구 자극한다.

사람들은 다 다른 것 같아도 비슷한 모양으로 나이를 먹고, 비슷한 모습을 한 어른이 되어간다. '다 똑같다'는 말이 예전에는 무책임하고 성의 없게 들렸지만 지금은 그 말에 조금씩 위안을 얻는다. 우리는 분명 나이를 먹고 있지만 그렇다고 인생이 끝난 건 아니다, 라는 다독임을 주는 만화다.

마흔은 딱히 대단한 어른도 아니고, 그 사실에 절망하며 막 불행해지는 나이도 아니다. 이런 이야기를 하는 사람들이 더 많아졌음 좋겠다. 나부터 그래야지.

.

———

라디오를 듣다가 청취자가 보낸 고민 사연에
'매사에 마음가짐이 중요하다'고 마무리하는 사람이 있었다.
하지만 그런가? 마음가짐이 중요하다는 말은
곧 마음을 그렇게밖에 못 먹는 네 잘못이라는 얘기잖아.
이 세상에 마음가짐으로 해결할 수 있는 문제는 거의 없다.
그걸 받아들이지 못하는 사람만 불행해진다.
나는 왜 이럴까, 나는 왜 이 모양일까 하면서.

마음을 어려워하는 사람에게 마음가짐이 중요하다, 라는
말만큼 폭력적인 말이 어디 있다고.
그 말을 하는 그 사람은 정작 자기 마음 간수는
잘 하고 사는지 궁금하다.
말한 것처럼 잘 안 될걸?

———

이

대학 강의를 하겠다고 결심한 건 난데, 매 학기가 시작되면 있는 대로 성질을 부린다. 한다고 해놓고도 수업을 하기가 싫다. 아니, 학교 자체가 가기 싫다. 학생들은 모를 거야. 당신들보다 선생들이 더 학교에 가기 싫어한다는 것을. 가끔은 수업 시작 전에 이런다. 여러분, 학교 오기 싫었죠? 제가 더요.

오늘도 주현 언니랑 엄챙을 만나서 투덜거렸다. 진짜 하기 싫어. 죽도록 하기 싫어. 다음 학기부터는 절대 안 할 거야. 이번이 마지막이야. 누굴 가르치는 일은 나랑 안 맞는 것 같아….
그렇게 말하면서도 속으로는 알고 있다. 자꾸 이렇게 징징대면 곤란하다. 이 일을 수락한 건 결국 나다. 그리고 이 일로 인해 내가 얻는 것도 분명 있다.
그래서 내 속엔 싫다고 말하는 나와 속으로 그런 나를 한심해하는 내가 동시에 있다. 징징거리는 어린이, 혼내는 엄마가 동시에 나를 못살게 군다. 그래서 더 괴롭다.

언니들은 주구장창 불만만 늘어놓는 내 앞에서 '우리 보고 어쩌라는 거냐…' 하는 표정으로 한참 있다가 분위기 반전을 꾀하듯 말했다. "우리 내년 봄에 유럽 여행 가자! 가서 삼 주만 있다 오자! 렌트도 해서 운전하고 다니면서 따뜻한 데서 좀 놀다 오자! 그날까지 돈 모으자! 너무 좋겠지!!"

그 말을 가만히 듣다가 얘기했다. "그때는 학기 중인데?"

나는 여전히 수업을 관둘 생각이 없는 거다.

아후 지겨운 인간.

안드레아스 크누프 | 북클라우드

맨 처음 심리 상담을 받으러 갔을 때, 심리검사를 두 개 받았다. 그 결과 나에게 가장 크게 보이는 것은 '우울감'과 '억압'이었다. 우울감은 그렇다 치고, 억압이라는 항목이 생소했다. "평소 자신의 감정을 억압하며 산다는 뜻이지요. 하고 싶은 말을 못 하고 참거나 스스로의 행동을 제어하면서요." 그 말에 한참 어리둥절했다. 받아들이기도 힘들었다.

하지만 꾸준히 심리 상담을 받아오면서, 내 안에는 '좋은 사람이 되어야 한다'는 강박이 있다는 것을 알게 되었다. 그러느라 진짜 감정을 얼버무리고, 억눌러왔다는 것도 깨달았다. 불편한 감정을 느끼는 내가 마치 나쁜 사람 같아서 자꾸 피하고 부정하려 애썼다.

이 책도 같은 이야기를 한다. 우리는 스스로의 감정을 받아들이기보다 평가한다고. 그래서 자신의 감정을 잘 느끼지도 못한다고 말한다. 하지만 감정을 받아들이면 그 감정으로부터 자유로워질 수 있다.

책을 읽는 동안 얼마나 많은 문장에 인덱스를 붙여놨는지 책을 통째로 외워버리고 싶은 심정이었다. 만약 이 책을 조금 일찍, 아니면 늦게 만났더라면 이렇게 몰입하지 못했을 것 같다.

가끔 그렇게 책과의 인연을 느낀다. 바로 지금 나에게 필요한 책을 지금 만나는 것. 이 책을 딱 지금 읽을 수 있어서 좋았다.

012

내 장례식에 올 것 같은 사람들 이름을 적어보았
다. 어렸을 때는 결혼식에 올 사람 이름을 적어보곤 했는데, 그
건 나와 관계없는 일 같아서 더 이상 안 적는다. 결혼식은 못 하
더라도 죽긴 죽을 것이기 때문이다.

사람들이 숙제하는 기분으로 내 장례식에 오지 않길 바란다. 그
사람이 부조를 하고 육개장을 먹고 간다고 해서 죽은 내가 살아
날 리가 없다. 먼저 엄채영, 안주현이 올 것이다. 또 여러 얼굴이
더 떠오른다. 그 사람들이 진짜 올지 안 올지도 모르는데. 그러
다 보니 점점 내가 복 받은 사람이라는 생각이 든다. 하지만 내
가 진짜 복 받은 사람인지 아닌지에 대해서는 알 수 없다. 이미
죽었기 때문에.

다 적었다고 생각했는데 가족들을 빼먹었네. 그런데 가족들은…
도저히 못 쓰겠다…. 내 죽음 이후의 가족들 얼굴을 상상하다 보
니, 대체 왜 이런 목록을 쓰겠다고 설치고 있는 건가 싶다. 그러
다 친구들 얼굴도 하나둘 떠오르고, 점점 눈물이 나려고 한다.

어휴… 이런 거 하지 말자. 정신이 차려지네.

故 황현산 선생님은 나에게 늘 스승님이다. 예전에 선생님의 트위터도 네, 선생님… 하는 마음으로 읽었고, 이 책도 네, 선생님… 하는 마음으로 읽었다.

몇 년 전에 파주에 갔다가 우연히 선생님의 강연을 듣게 되었다. 평소 유난히 기억력이 딸리는 나임에도 그날의 분위기는 선명한 사진처럼 기억에 남아 있다. 선생님은 사람들이 던진 질문 하나하나에 꽤 긴 시간을 들여 고민하시고 신중하게 답해주셨다. 그 모습만으로도 '아… 선생님은 사람을 참 존중하시는구나'를 느꼈다. 그 시간 자체가 큰 가르침이었다.

이 책에서는 정치, 경제, 사회, 교육, 예술 분야를 막론한 선생님의 날카로운 시선과 성찰을 만날 수 있다. 자칫 어렵고 예민하게 다가올 수 있는 주제들도 특유의 배려 있는 문장으로 쓰여 있어 차분하게 읽힌다. 그러는 동안 묵직한 울림도 느껴진다.

'불문과에서는 무얼 하는가'를 읽고는 내가 해온 공부, 내가 하고 있는 일들을 되돌아보았다. 우리가 무심코 저지르는 과거에 대한 미화 혹은 망각을 '착취당한 과거'라 칭하신 글 역시 마음 깊이 파고들었다. 이 외에도 한 편 한 편 곱씹어 읽을 글로 가득하다.

선생님, 그곳에서는 아프지 마시고 편안하세요.

013

오늘부터 칠 주간 에세이 수업을 한다. 강의 제목
은 '소심한 글쓰기'. 나처럼 소심한 사람들이 모였으면 하는 마
음에서 그렇게 이름 붙였다. 한다고 해놓고도 해야 할지 말아야
할지 수업 전날까지 망설였는데, 결국은 하게 됐다. 생각보다 수
강생이 많이 모이지 않아 주최 측에서는 손해를 보면서도 강행
하게 된 프로그램이라 마음이 무거웠다.

하지만 아침부터 열심히 첫 수업을 준비했다. PPT도 만들고 말
할 거리들도 마련했다. 강의를 준비하는 시간이 길면 길수록 내
안에 조금씩 자신감이 장착된다. 나에겐 이만큼의 총알이 있다,
고 안심하게 된다. 물론 뜻대로 안 될 때가 더 많지만.

저녁 일곱 시 반. 강의실에 들어가 수강생들을 만났다. 얼굴들을
보니 좋은 사람들 같아서 마음이 놓였다. 모난 사람은 없는 것
같아. 긴장이 풀어졌다.

묘하게 따뜻한 분위기 속에서 첫 수업을 마치고 집에 가는 길에 여러 번 한숨이 났다. 안도의 한숨인지 두려움의 한숨인지 모를 깊은 한숨. 그러면서 생각했다. '거봐, 막상 해보니까 되지?' 이러면서도 다음 주면 또 하기 싫다고 한숨 푹푹 쉴 나를 잘 알고 있다.

이아림 | 북라이프

제목 때문인지 마치 수련하는 마음으로 읽은 책. 하지만 수련인
으로서가 아니라 생활인으로서 요가가 루틴이 된 일상에 대해
이야기하는 책이다. 작가는 겨우 몸 하나가 들어가는 요가 매트
안에 내가 가진 고민, 내가 사는 세상이 들어 있음을 깨닫는다.
요가를 하는 동안 스스로의 몸을 발견하고, 그것을 긍정하는 법
도 알아간다.

책을 읽으면서 생각했다. 만약 이런 사람이 직장동료라면 몰래
훔쳐보면서 다른 사람들에게 이렇게 말할 것 같다고. '저 사람,
되게 멋있지 않아요?' 툭하면 감정이 요동치는 사람으로서 이
작가처럼 담담히, 차분히, 매일 요가 하듯 살아가는 사람과 친하
게 지내고 싶었다. 그의 글에서 강인함과 부드러움이 동시에 느
껴졌다.

한 분야에 푹 빠져 있는 사람이 쓴 책을 읽을 때마다 강요하는
자세가 느껴져 불편할 때가 있었는데 이 책은 그렇지 않았다. 책
을 다 읽고는 마음이 동해서 나 역시 요가 수업에 등록했고, 다
들 예상했겠지만 요즘은 안 가고 있다.

———

혼자 사는 데는 단호함과 너그러움을
50:50으로 맞추는 자세가 필요한 것 같다.

나를 너무 옥죄지 말 것,
그렇다고 마냥 관대해지지도 않을 것.

———

014

육 개월에 한 번. 정기적으로 받는 산부인과 검진 결과가 좋지 않다. 의사 선생님의 말을 듣고, 간호사 선생님의 추가 설명을 듣고 오는 길에 어깨에 남아 있던 힘이 다 빠져버렸다. 그 자리로 집에 가서 드러눕고 싶었지만 오늘은 수업이 두 개나 있는 날이다.

학생들 앞에서 밝은 척 수업을 하고 집으로 돌아오는 길에는 유난히 바람이 세차게 불었다. 쓸쓸하고 지친 마음이 몸 전체를 관통하는 느낌….

터덜터덜 지하철역 밖을 나오니 역 앞에서 꽃을 팔고 있었다. 평소처럼 그냥 지나치려는데 점점 걸음이 느려졌다. 한 다발 살까. 잠시 훑어보다가 연보라색 수국 삼천 원어치를 샀다. 가볍지도, 무겁지도 않은 꽃다발을 들고 집을 향해 걸었다. 별로였던 하루를 견딘 내가 나한테 주는 선물이야. 그 생각과 함께 걷다 보니 푸석푸석한 마음이 조금 누그러졌다.

하지만 그것도 잠시. 날 위해서 꽃 좀 샀다며 남자친구에게 보낸 사진 때문에 갑자기 상황이 바뀌었다. 이 세상에 스스로를 위해 꽃을 사는 사람이 있다는 걸 상상도 못 해본 건지 그는 "다른 남자가 준 것 아냐?"라는 부적절한 농담으로 분위기를 싸하게 만들었다.

이럴 때마다 내가 이 사람이랑 대체 뭘 하고 있는 건가 싶다. 나는 그를 좋아하는가. 이런 소리를 하는 사람을 대체 왜 좋아하는가. 오늘 같은 날 이런 말밖에 할 줄 모르는 이 사람은 믿을 만한 인간인가. 나는 연애를 한답시고 잘못된 선택과 행동을 이어가고 있는 것은 아닌가. 그렇다면 주저 말고 당장 헤어져야 하는 거 아닌가. 그렇다고 헤어진다는 생각을 하니 또 그건 아닌 것 같고. 대체 나는 뭘 하고 있나….

신뢰는 적립되는 거라고 생각하는데 현재로서 그의 적립금은 바닥이다. 이야기를 하며 싸울 힘도 없으니 그냥 잠이나 자야겠다.

이러면서도 금세 잠들지 못할 거라는 걸 안다.

내일이면 우리는 화해하겠지, 어색함 조금, 석연치 않음 조금을

숨기며 그래도 별일 아니라는 듯 풀어버리겠지.

연애는 종종 관성으로 유지된다.

연인 사이에 겪을 수 있는 여러 감정과 경험들을 A부터 Z까지의
단어로 정의 내리고, 그에 관한 짤막한 픽션을 이어간다. 각자의
시선에서 펼쳐지는 이야기들이 감각적인 책이다.

그 안에는 첫 만남에서 상대가 나를 오해할까 봐 걱정하는 마음
이 있고, 사소한 대화가 관계를 뒤흔들 만큼의 다툼으로 번지는
순간이 있고, 각자의 친구를 만날 때마다 느끼는 묘한 자격지심
이 있다. 별다른 이유 없이 서로를 미워하기도 하고, 또 별 이유
없이 서로에게 격렬한 애정을 느낀다. '내가 널 사랑하는 것만큼
너는 날 사랑하지 않아'로 마음앓이도 하고, 맨 처음 '사랑해'를
말했던 순간을 두고두고 기억하려 애쓴다.

일기 같기도 하고, 편지 같기도 한 에피소드들을 읽으면서 연애
란 뭘까. 사랑이란 뭘까를 곱씹게 됐다. 그럼에도 불구하고 두
사람이 서로에게 품은 애정이 느껴져 읽는 동안 마음이 부드러
워졌다.

막 연애를 시작한 사람들이 읽으면 좋을 책. 서로가 서로에게 선
물하기에도 좋은 책. 연애를 하고 있어도 연애하고 싶을 때 읽기
좋은 책.

"사랑을 받으니 자존감이 올라가는 것 같고."

낮에 목욕을 하다가, 몇 달 전에 친구에게 한 말이 갑자기 떠올라서 깜짝 놀랐다.

사랑받는 걸로 자존감이 높아졌다고 느낀다면, 사랑받지 못할 때의 자존감은 어떻게 된단 말인가. 자존감은 그럴 때 쓰라고 있는 말이 아닌데.

자존감에게 사과한다. 친구한테도 미안하고.

윤홍균 | 심플라이프

자존감이라는 단어를 입에 올릴 때마다 마음이 복잡했다. 그게 뭐길래 이렇게 사람을 비참하게 만들까. 왜 그 세 글자만 떠올리면 우울해지는 걸까. 자존감은 '스스로를 존중하는 마음'이라는 것. 머리로는 알겠는데 마음으로 느껴지지가 않았다. 그런데 이 책을 읽으며 많은 도움을 받았다.

다들 센 척, 대범한 척 살고 있지만 그러느라 속은 썩어 문드러지고 있지 않은가. 하지만 그럴 때마다 우리는 스스로를 더 다그친다. 너는 별 볼 일 없는 사람이야, 더 열심히 살아야지 뭐 하는 거야… 그런 생각은 어느새 습관이 된다.

하지만 이 책은 자존감을 높이는 일 역시 사소한 습관에서부터 시작된다고 말한다. 대단한 사건이나 성취 없이도 일상에서 자신을 받아들이고, 인정하고, 잘했다고 토닥이는 일로 시작된다고 이야기한다. 나 역시 책에서 제시한 '자존감 수업'들을 실행해보았다. 당시에 썼던 수첩 가장 뒷장에는 작가가 써보라고 제안한 내 장점과 단점 리스트가 적혀 있다. 단점이 훨씬 더 많을 줄 알았는데 장점도 그만큼 있었다. 내가 나를 몰라주고 있었던 거다.

이 책을 읽은 다음부터는 자존감에 대해 떠올리는 일이 조금 수월해졌다.

016

오늘은 엄마 생신이다. 엄마 생신을 앞두고 늘 우리 집에는 작은 소동이 일어난다. 생일을 챙겨주고 싶다는 언니와 나. 그리고 굳이 생일상을 받지 않겠다는 엄마. 아무래도 엄마 말이 진심이 아닌 것 같아서 여러 번 다시 확인하는 우리들. 그래 봤자 늘 같은 말을 하는 엄마.

생일을 맞아 식구들끼리 밥이라도 먹자고 하면 엄마는 늘 말씀하신다. "그런 거 싫다." 왜 싫냐고 물어보면 말씀하신다. "너네들 바쁜데 시간 뺏고, 괜히 돈만 쓰고. 그런 거 싫다." 그래도 이럴 때 얼굴 한번 보는 거지 뭘 그러시냐고 말하면 말씀하신다. "평소에 잘해야지. 생일날이라고 챙기고 그런 거 싫다." 하지만 평소에도 만나서 밥 좀 먹자고 하면 엄마는 말씀하신다. "나는 안 간다."

평소에도 싫다고 하고 생일날에도 싫다고 하는 엄마. 엄마는 우리가 보기 싫은 걸까? 우리와 함께하는 시간이 부담스러운 걸까? 하지만 연락도 없이 불쑥 집에 찾아오려고 하시는 걸 보면 그런 것도 아닌 것 같고 뭐가 뭔지 모르겠다.

올해도 이 작은 소동을 한번 치르고 나서 언니와 나는 그냥 하지 말자로 합의를 봤다. 체념하듯 그렇게 했다. 엄마의 진심을 모르겠다. 엄마의 진심은 엄마도 모르지 않을까. 그런 이유로 이렇게 조용하게 엄마 생일이 지나간다.

우리는 서로에게 솔직하지 못한 것 같다. 가족인데도.

록산 게이 | 사이행성

자기 몸을 사랑하지 않는 소녀는 결국 자기 삶을 미워하는 여성이 된다. 이 책은 십 대 때 당한 집단 강간으로 자신의 몸을 증오하게 되고, 무절제한 생활과 폭식으로 스스로의 몸을 벌주며 살아온 작가의 자전적 이야기다.

내밀하면서도 충격적인 이야기들에 푹 빠져들면서도 머릿속에는 물음표가 떠다녔다. 이 사람 되게 유명한 작간데 이렇게 솔직하게 써도 되나? 사람들에게 욕도 많이 먹었을 것 같은데? 작가 역시 이 책을 두고 '평생 가장 어려운 글쓰기였고, 상상했던 것보다 훨씬 막막한 작업이었다'고 말한다. 의문이 이어졌다. 만약 나라면 가족들이 볼 책에 이렇게 솔직한 고백을 할 수 있을까? 얼굴을 모르는 독자들에게는 무슨 이야기든 다 할 수 있지만 정작 가족들 앞에서는 사소한 진심도 숨기게 된다. 그런데 이 작가는 독자와 가족을 넘어 자기 자신에게도 솔직하기를 선택한 것 같아 대단해 보였다.

책을 다 읽고 나면 그가 자신을 이야기하는 방식에 절로 박수를 보내게 된다. 나 이렇게 살았고요, 이런 사람이에요! 터놓고 말하는 그의 글에 얼마나 많은 용기를 얻었는지 모른다.

만약 마음에도 근육이 있다면, 이 책을 읽고 나서의 마음 근육량은 조금 늘어나 있을 것이다.

017

심리 상담이 있는 날. 한 시간 남짓 선생님과 대화를 나누다 또 울었다. 상담을 받을 때마다 계속 울게 된다. 오늘은 괜찮겠지, 싶어도 매번 운다. 나는 내 마음을 알고 있는 줄 알았는데, 이제는 괜찮은 줄 알았는데, 아무것도 아닌 대화로 시작한 이야기가 결국 오열로 이어졌다.

요즘 엄마 생일과 관련해서 있었던 감정 소모들을 털어놓으니 선생님이 그랬다. "신회 씨 부모님은 죄책감을 갖게 하는 분들이시네요." 그 말을 듣고 "아니, 꼭 그런 건 아니고…" 하다가 참을 수 없이 눈물이 흘렀다. 왜 나는 지금 이 순간에도 엄마를 변호하려 드는가.

나는 엄마가 밉다는 생각을 하면서도 미워하지 못한다. 그러면 안 될 것 같기 때문이다. 하지만 그러면 왜 안 돼? 내 속을 이렇게 뒤집어놓는데? 지금은 기억도 안 나는 이야기들을 구구절절 털어놓다 보니 어느새 상담 시간이 끝났다. 눈이랑 얼굴이 부어오른 게 느껴졌지만 강연을 하러 가야 해서 지하철역으로 향했다.

부은 눈으로 지하철을 갈아타고, 낯선 동네에 도착해 사람들이 기다리고 있을 강연장을 향해 걸었다. 내 마음은 멍들었는데 잠시 후면 사람들 앞에서 웃어야 한다. 큰 소리로 떠들고, 인사하고, 누군가를 위로하는 말을 건네야 한다.

나는 무슨 일을 하는 사람인가. 내 직업은 그래야만 하는 직업인가. 아직 하루는 많이 남았는데 벌써부터 이렇게 기운이 빠지면 어떡하나.

랩 걸

호프 자런 | 알마

과학자인 아빠의 실험실에서 시간을 보내며 자기도 곧 과학자가 되어 실험실을 갖게 될 거라고 믿어온 소녀가 있다. 훗날 그는 자기 이름을 단 실험실을 갖게 되고, 다수의 과학상을 수상하며 세계적으로 인정받는 과학자가 된다.

하지만 이 책의 감동은 그가 달성한 성공이 아닌, 거쳐온 실패에 있다. 그는 연구 기금을 마련하기 위해 과로를 반복하지만 번번이 실험에 실패하고, 그럼에도 불구하고 아무렇지 않게 다음번 실험을 준비한다. 빛도 안 들어오는 실험실에 처박혀 있으면서도 괴로운 줄을 모르고, 남들은 다 불편해하는 친구를 평생 실험 동지로 여기며 그의 모든 단점을 끌어안는다.

책을 다 읽고 나면 그가 슈퍼우먼이어서 이 모든 과정을 감당할 수 있는 게 아니라, 묵묵히 해나가는 뚝심이 있어서라는 걸 깨닫게 된다. 이 모든 이야기가 실화라는 사실에도 여러 번 놀랐다.

과학을 다루는 책이지만 유난히 아름다운 문장들이 마음을 사로잡는다. 특히 '빛을 향해 자라난다는 의미에서 사람은 식물과 같다'는 문장이 기억에 남는다.

그렇다. 우리 모두는 각자의 빛을 향해 지금 이 시간에도 자라고 있는 것이다.

———

나와는 다른 일을 하는 사람들의 이야기를 듣다 보면
'세상에는 안 힘든 일이 없구나'를 깨닫게 된다.
하지만 그런 깨달음으로 위안을 얻기보단 절망감이 든다.

———

다들 이렇게 고생을 하는데

왜 행복한 사람은

한 사람도 없을까.

영화 〈보헤미안 랩소디〉를 봤다. 그룹 퀸은 어린 시절에 언니가 즐겨 듣던 음악을 어깨 너머로 들으면서 알게 됐는데, 프레디 머큐리가 세상을 뜬 이후에서야 본격적으로 찾아 듣게 되었다.

영화는… 굉장했다. 두 시간이 넘는 긴 영화였지만 시작부터 끝까지 일 분 일 초가 아까웠다. 프레디를 연기한 라미 말렉의 연기에 전율이 돋았고, 영화보다 더 영화 같은 프레디 머큐리의 이야기에 빠져들었다. 영화를 다 보고 리뷰를 살펴보니 작품성에 대한 말이 많던데 나한테 그런 건 상관없다. 팬심으로 완성된 감동은 아무도 건드릴 수 없다!

평소 '이런 책을 써주셔서 감사해요'라는 감상평을 접할 때마다 민망할 뿐 와닿지 않았는데, 이 영화를 보고 나서는 '이런 영화를 만들어준 사람들에게 고맙다'는 생각을 했다. 그러는 동안 내가 얼마나 많은 칭찬을 귓등으로 들어왔는지 깨달았다.

익숙한 새벽 세 시

오지은 | 이봄

오지은 씨는 몇 년 전부터 음악을 반복해 들으며 응원하게 된 뮤지션인데, 그의 첫 책이 나왔을 때부터 지금까지 책도 열심히 읽고 있다.

이 책은 그가 기나긴 우울감에 허우적거리는 동안 쓴 책이다. 우울감과 무기력함에 아무것도 못 하겠으면서도 그는 교토로 한 달 동안 여행을 간다. 오키나와에도 간다. 구기동에 있는 절에도 간다. 그래놓고도 역시나 힘들어한다.

음악을 하는 사람이 음악을 만들지 못하고, 써야 할 글이 있는데 안 써지는 것은 물론, 하루하루 버티는 일도 쉽지가 않다. 이 책에는 그 간절하고도 안타까운 마음이 담겨 있다. 그는 결국 병원에 가서 탈진 증후군이라는 얘길 듣는다.

맨 처음 읽었을 때는 많은 부분 공감했지만 지금 생각해보면 설익은 공감이었다. 몇 년이 지나 다시 읽으니 문장 하나하나가 내 마음 같다. 그가 쓴 말들이 하나같이 와닿아서 읽는 동안 여러 번 가슴이 서늘해졌다. 나 이런 거 알지. 알면서도 못 하겠는 거. 그러느라 스스로가 밉고 지긋지긋한 거.

가끔 '이런 책 써줘서 고마워요'라는 생각이 드는 책을 만나는데 나한테는 이 책이 그랬다.

오지은 씨, 이런 책 써줘서 고마워요.

019

　　인터뷰에서 글 잘 쓰는 법을 알려 달라는 질문을 받았다. 자주 듣는 질문이고, 그래서 그런지 기계적인 대답을 하게 되는 질문이기도 하다. 많이 읽고, 많이 써라, 뭐든 써라, 내 글을 읽어줄 독자를 만들어라… 등 고리타분한 이야기만 잔뜩 했는데, 집에 오니 후회가 된다. 사실 내가 실천하고 있는 글 쓰는 법은 딱 두 갠데.

1. 쓰고 싶은 게 있을 때 쓴다
2. 안 써지면 엎는다

실은 하나가 더 있다.

3. 쓰고 싶은 게 없어도, 안 써져도 마감이 닥치면 쓰게 돼 있다.

그래서 글쓰기 수업을 할 때면 이 말을 꼭 한다.

스스로 마감일을 꼭 정하고 쓰세요. 꾸준히 글을 쓰고 싶다면,
자발적으로 족쇄를 채우는 것이 도움이 되거든요.

잘난 척하는 얼굴로 그런 말을 한다.

박성우 글, 김효은 그림 | 창비

글쓰기 수업을 할 때마다 마음의 중요성에 대해 강조한다. '글 쓰는 것보다 중요한 건 내 마음을 파악하는 일이에요. 내 마음과 진심을 들여다보면 어떤 글을 쓰고 싶은지가 보입니다' 같은. 내 글 역시 나의 마음을 고스란히 담고 있다. 우울할 때 쓰는 글은 지독히 가라앉아 있고, 들뜬 기분으로 쓴 글은 어딘지 모르게 방 방 뜬다. 오늘은 좀 가라앉아 있는 편인 것 같다.

어른이 되면 내 마음 정도는 알 줄 알았는데, 그렇지도 않다. 도 망치고 피해온 마음들이 워낙 많아서인지 그때그때 느끼는 마음 을 한마디로 정리하기도 쉽지 않다.

그런 사람들을 위한 책이 있다. 우리가 그때 그때 느끼는 기분이 무엇인지 알려주는 책. 찝찝하다, 허탈하다 등 각각의 단어가 갖 는 감정, 느낌에 대해 소개하고 이런 기분이 들 때는 이렇게 표 현하면 되지요, 라고 제안한다.

아이들을 위한 책이지만 어른들에게도 유용하다. 책에 등장하는 팔십 개의 단어들 중 내가 주로 쓰고, 느끼며 사는 단어는 뭔지 도 떠올리게 된다. 무엇보다 김효은 작가의 참을 수 없이 사랑스 러운 그림 덕분에 읽는 내내 행복했다.

020

기관 강연이 있어서 태어나서 처음 가보는 도시에 갔다. 강연에 앞서 조촐한 사인회가 열렸는데 사인을 받기 위해 줄을 선 여성분들 옆에서 사진을 찍는 남자가 있었다. 그런데 그 단체의 간부쯤으로 보이는 그 사람은 사진을 찍는 내내 "예쁜 사람을 찍어줘야 되는 건데.", "이런 사진 함부로 찍으면 안 될 것 같은데…"라며 웃기지도 않은 농담을 계속했다.

옆에 서 있던 여성분들은 어디서 안 좋은 음악이 들려오네, 하는 표정으로 애써 못 들은 척하고 있었다. 그 난감한 분위기에 사인에 집중하기도 쉽지 않아서 평소보다 손에 힘이 들어가고, 글씨는 더 엉망이 됐다.

마침 그가 책에 사인을 받을 타이밍이 됐다. "성함은요?" 그는 잠깐 무슨 말인지 모르겠다는 듯한 표정을 짓다가 느릿느릿 자기 이름을 말했다. 그러고는 잽싸게 덧붙였다. "잘생긴 분에게, 라고 써주세요."

나는 대꾸하지 않았다. 그랬더니 또 그랬다. "잘생겼다고 써주셔야죠." 그래서 대답했다. "제가 그렇게 느끼면 써 드릴게요. 하하…"

책에는 그분 이름과 내 이름만 적었다. 속으로는 이런 말을 하면서. 잘 생겨야 잘 생겼다고 쓰죠.

행복한 그림자의 춤

앨리스 먼로 | 뿔

앨리스 먼로Alice Munro의 소설을 읽을 때마다 그는 무례한 남자들을 사실적으로 표현하는데 탁월한 재능을 가지고 있다고 느낀다. 그러다가도 문득 등줄기가 싸해지는데 그는 이제껏 살면서 얼마나 많은 남자들의 무례를 겪어온 걸까, 싶어서다. 과장도 없이 덤덤히 그려가는 캐릭터들을 만나다 보면 바로 어제도 이런 남자를 대한 적이 있는 것 같고, 앞으로도 이런 남자들과 부대끼며 살게 될 것 같아서 훅, 한숨이 난다.

이 책의 첫 작품에도 그런 남자가 나온다. 전업주부이지만 소설 쓰기에 대한 들끓는 열망을 가진 '나'는 고심 끝에 자기만의 작업실을 얻는데, 그 작업실의 주인인 '멜리씨'는 온갖 쓸데없는 이유로 작업을 훼방 놓는다. 결국 나는 생애 처음으로 마련한 작업실을 떠나게 된다. 소설 속 나는 곧 앨리스 먼로 자신이며, 멜리씨는 곧 세상이다. 나는 이 시대를 살아가는 여성들일 수도 있다.

열다섯 편의 단편으로 이루어진 이 소설집은 한 편 한 편 편안히 읽히면서도 마음 아리는 캐릭터들이 속속 등장해 가슴을 아프게 한다. 차분히, 그러면서도 단단하게 이야기를 이끌어나가는 앨리스 먼로의 힘이 느껴지는 책이다.

———

오늘 후배가 한 말.

"한 친구가 나의 모든 이야기를 공감해줄 수는
없는 것 같아요. 그래서 친구에 따라 할 수 있는
이야기가 정해져 있는 게 아닐까 하는 생각을 해요.
그래서 저는 이 친구에게는 이 이야기만 하고,
저 친구에게는 저 이야기만 해요.
처음엔 이상하게 느껴졌는데,
그렇게라도 이야기할 수 있다면
괜찮은 것 같아요."

———

나도 그래 볼까?
나는 늘 친구들에게
내 모든 감정을 퍼붓고 상황을 설명하고 싶어
안달을 하지 않는가.

021

토요일이지만 축 처진 기분에 집에만 처박혀 있었
다. 그러다 잠시 외출했을 때, 엄마가 아빠를 통해 연락을 해오
셨다. 엄마 생일에 안 만나고 넘어간 게 맘에 걸리셨는지 김치를
담갔으니 갖다주겠다고 하셨다.

지금 집에 없다고 하니 문 앞에 놓고 가겠다는 아빠 말씀에 그렇
게 하시라 했다. 그런데 아빠는 지하철역에서 우리 집까지 오는
길을 잘 모르신다. 아무하고도 이야기하고 싶지 않은 오늘 같은
날, 전화로 기나긴 길 설명을 반복하는 것도 엄두가 안 나서 다
시 전화를 걸어 말했다. "아빠, 김치 안 받아도 될 것 같아요. 오
지 마세요."

그러고 나서도 마음이 무거웠다. 짜증이 났다. 엄마는 왜 내가
만나자고 할 때는 거절하고, 내가 원치 않을 때 불쑥 연락을 해
오는 걸까. 그것도 아빠를 시켜서. 나는 아빠가 무거운 김치통을
우리 집까지 이고 지고 오시는 걸 바라지 않는다. 난 김치 안 먹

어도 산다. 그 모든 게 짜증스러워서 언니에게 전화해서 이야기를 하다 질질 울어버렸다. 언니는 그냥 신경 쓰지 말고 푹 쉬라고 했다.

답답한 마음에 집으로 돌아와 잠을 잤다. 두어 시간 후 휴대폰을 보니 언니에게 문자가 와 있었다.

문 앞에 아빠한테 받은 김치 놓고 간다.

얼마 전에 형부가 출장 갔다 와서 네 선물도 사 왔어. 푹 쉬어.

문을 열어보니 쇼핑백이 놓여 있었다. 그 안에는 엄마 김치가 담긴 통, 달맞이꽃종자유, 핸드크림, 허브티가 들어 있었다. 다 내가 좋아하는 것들. 그걸 보고 또 엉엉 울어버렸다.

이경미 | 아르떼

몇 년 전, 영화 〈미쓰 홍당무〉를 인상 깊게 봤다. 영화 포스터만 보고도 이건 내 스타일이네, 싶었고 보는 동안 예감이 적중했음을 느꼈다. 다 보고 나서는 생각했다. 이경미 감독은 사람을 좋아하는구나. 특히 여자를 아끼는구나.

그런 그가 쓴 글이라 그런지 역시 좋다. 시원시원하고 솔직해서 읽는 동안 가슴 속이 화~해진다. 영화 시나리오가 잘 풀리지 않아 괴로워하는 모습에도 공감이 갔고, 창작자로서 느끼는 고뇌와 짜증(!)에도 몰입이 되었지만 글 사이사이에 삽입된 일기가 압권이었다. 일기에는 부모님 이야기가 많이 등장하는데, 그의 부모님은 독특한 방식으로 딸을 사랑하시는 것 같았다. 우리 엄마 아빠처럼.

이 책은 엄챙이 추천한 책이었는데, 엄챙은 책을 건네며 그랬다. "이경미 감독 엄마가 너희 엄마 같아. 왠지 느낌이 비슷해." 읽어보니 맞는 것 같다. 우리 엄마 같은 사람은 세상에 딱 한 사람일 줄 알았는데 비슷한 사람이 또 있네. 그런데 이경미 감독은 엄마를 무작정 아끼는 것 같던데, 나는 이 지경이고 결국 또 나만 나쁜 년인가.

022

대학교 수업이 있는 날이다. 눈 뜨자마자 몰려오는 일하기 싫어증을 달래기 위해 느긋하게 아점을 먹기로 하고 바지락에 시금치를 넣고 파스타를 만들었다. 올리브 오일 파스타인데 맛의 포인트는 마지막에 굴소스를 넣는 것. 내가 제일 좋아하는, 또 제일 잘 만드는 파스타다.

오전 시간은 여유로운 것이 좋다. 아니, 여유로울 필요가 있다. 많은 것을 하지는 못해도 밥 만큼은 천천히 먹고 싶다. 지치거나 우울한 일이 있던 날에도 내일은 이러이러한 아침을 차려 먹어야지, 생각하면서 잠든다. 이영자 언니도 〈밥 블레스유〉에서 간장게장을 먹으면서 그랬다. "스스로가 한심하게 느껴질 때일수록 좋은 걸 먹어야 돼."

아침을 다 먹고 나서는 커피도 마시고 〈맛있는 녀석들〉 재방송
도 봤다. 그렇게 내 시간을 충분히 보내고 나면 하루를 시작할
힘이 생긴다. 원하는 시간을 보냈으니 이제는 일을 하러 갈 차
례, 라는 생각이 든다.

가끔은 무언가를 하기 전에 받는 보상이 더 효과적인 것 같다.
'누렸으니 할 수 밖에 없잖아?'라고 체념하듯 움직이게 되는, 미
리부터 먹는 디저트 같은 것.

덕분에 든든한 배, 조금 누그러진 마음으로 수업하러 갈 수 있
었다.

시를 읽을 때마다 이런 생각이 든다. '내가 지금 잘 읽고 있는 게 맞나?' 혹은 '나한테만 이렇게 어려운 건가?' 세상에는 좋은 시가 많고 많겠지만 여전히 시는 나에게 미지의 세계다. 그런 의미에서 내가 좋아하는 시집은 시에 익숙하지 않은 사람도 좋아할 만한 시집이라고 믿는다. 다니카와 슌타로谷川 俊太郎의 시집이 그렇다. 마음이 좀 거칠어졌다 싶을 때 꺼내 읽으면 서서히 부드러워지는 게 느껴진다.

특히 〈아침 릴레이〉라는 시가 좋다. 이 시를 읽다 보면, 눈이 부셔 눈을 감을 수밖에 없는 아침 햇살이 자동적으로 떠오른다. 이래도 누워 있을 거야? 하고 말하는 듯한 힘세고 씩씩한 햇살이 눈 안을 파고드는 느낌. 그렇지만 결코 난폭하지 않고 부드러워서 맨 얼굴로 어정어정 나가서 그 아래를 천천히 걷고 싶어지는 햇살.

걷다가 오는 그 길에 느긋하게 아침을 먹으면서 읽으면 딱 어울릴, 그런 부드럽고 평화로운 시집이다.

엄챙과 지예가 우리 집에서 만났다. 둘은 서로 알고는 있지만 직접 만나서 시간을 보낸 적은 없다. 둘 다 내가 좋아하는 사람들이라서 서로 만나면 재미있게 놀 줄 알았는데 역시나 둘은 재미있게 놀았다. 이렇게 써놓고 보니 전혀 재미있게 논 것 같지가 않은데 재미있었다.

예상대로 지예는 엄챙의 개그에 중독되었고 엄챙은 지예의 밝음을 매력적이라고 느끼는 것 같았다. 한참 동안 별일 아닌 이야기를 계속했는데 그러면서도 우리는 계속 웃었다. 심각한 이야기를 할 때는 셋 다 미간에 주름을 잡으며 심각해졌다.

평소에 누군가를 소개해주는 건 잘 안 하는 편이지만, 좋은 여자는 좋은 여자에게 소개해주고 싶다. 무슨 이야기를 어떻게 했는지는 기억이 잘 안 나는데 새벽까지 많이 먹고 많이 떠들어서 어쨌든 만족스럽다. 큰 건 하나 성사시킨 중신애비가 된 기분. 담에 셋이 또 놀자!

데라치 하루나 | 다산책방

같은 아파트에 나란히 사는 '유미코'와 '카에데'. 둘은 유미코가
만든 카레 냄새로 친구가 되어 가끔 집에서 같이 술을 마시는 사
이다. 유미코는 별거 상태에서 남편마저 실종되었고, 카나에는
성희롱을 일삼는 사장 때문에 오 년간 다니던 직장을 그만둔다.
그런 둘은 신통치 않은 구직 활동을 잠시 미루고 유미코의 남편
이 숨어 지내는 낯선 동네로 여행을 떠나기로 한다. 그 이후 두
사람은 때로는 같이, 때로는 혼자 여행을 시작하고, 그들 사이의
거리와 차이는 서로를 더 단단하게 만든다.

작가는 여자들의 우정은 가짜라는 세상의 편견에 대한 반발심에
이 책을 쓰게 되었다고 했다. 세상이 말하는 평범함에 계속 의문
을 던지겠다는 작가의 말에 슬그머니 주먹을 쥐게 됐다. 책을 읽
는 내내 '이런 거, 여자들은 알지' 싶었다. 말하지 않아도 내 마
음을 다 아는 친구와 마주 앉아 있는 느낌. 아니, 친한 친구들과
차분히 차 한잔을 마시다가 결국은 술로 갈아타고 새벽까지 달
리는 느낌이랄까.

요 몇 년 동안 읽은 일본 소설 중 가장 좋았다.

024

- 바쁘나?

- 네. 좀.

오후에 집에서 일하고 있는데 아빠가 전화 걸어오셨다. 요즘 부모님과 통화를 할 때마다 바쁘냐는 말을 듣는데, 그때마다 꼭 바쁘다고 대답한다. 그건 '나는 잘 지내고 있어요, 바쁘게요.'라는 뜻이다. 통화를 길게 하면 할수록 부모님은 내가 건강을 챙기지 않는다는 것에, 제대로 먹지 않는다는 것에, 목소리에 기운이 없다는 것에 대한 걱정을 하시기 시작한다.

누군가의 지속적인 걱정을 듣는 건 지친다. 나는 누가 나를 걱정하는 것이 싫다. 나를 사랑해서 그러는 거라고 해도 싫다. 그래서 가급적 바쁘다고 말하고 간단히 통화를 끝낸다. 꼬리에 꼬리를 무는 가족들의 걱정으로부터 스스로를 지키는 방법이다.

카우이 하트 헤밍스 | 책세상

하룻밤 사이에 아내가 혼수상태에 빠진 남자 맷(조지 클루니)의 시점으로 펼쳐지는 이야기. 그는 조금씩 망가져가는 결혼 생활을 느끼고 있었기에 의식을 잃은 아내 앞에서 마음이 복잡하지만 의사는 그에게 최대한 빠른 시일 내에 이별을 준비하라고 한다.

제멋대로이기만 한 두 딸을 어떻게 다뤄야 할지도 막막한데 가까운 사람들에게 아내의 소식을 알리고 헤어짐까지 준비해야 하는 상황. 하지만 그는 아내가 바람을 피어왔다는 사실을 알게 되고, 두 딸과 함께 그 내연남을 염탐하러 다닌다.

소설이 원작인 영화는 영화가 재미가 없는 게 대부분이고, 소설역시 생각한 내용과 달라서 당황스러운 적이 많았는데, 이 작품의 경우는 영화도 훌륭하고 원작소설도 훌륭하다. 특히 소설은 문장이 아름답고 개성이 넘쳐서 한 장 한 장 줄어드는 게 아깝다는 생각을 하며 읽었다.

영화에서 맷이 비행기 아래 하와이의 지형을 내려다보며 하던 독백이 있다. 그 대사가 마음에 들어 수첩에 적어놓았다.

가족은 군도와 같다.

한 개체를 이루지만 각자 분리된 섬들이다.

그리고 서로로부터 점차 멀어진다.

월간 김신회가 있는 날. 지원이와 원미를 만나러 이태원에 갔다. 그런데 아이들 손에 큰 쇼핑백들이 줄줄이 들려 있었다. 내 생일은 이 주 넘게 남았지만 혹시 내 선물인가 싶어 저절로 그쪽으로는 시선을 주지 않으려 애썼다. 내 선물이라고 해도, 내 선물이 아니라고 해도 먼저 아는 척하기는 민망했다. 한참 밥을 먹고 차를 마시러 카페에 갔을 때 두 사람이 주렁주렁 들고 다니던 쇼핑백을 내려놓더니 말했다. "이거 언니 생일 선물이에요."

애들이 준 선물들은 죄다 과분한 것들뿐이었다. 그러면 안 되는 걸 알면서도 선물 포장지를 뜯고 내용물을 확인하는 내내 얼굴이 썩어갔다. 고마운 마음은 알지만 나는 이런 값비싼 선물들을 원했던 것이 아니다. 이 무거운 걸 이고 지고 다녔을 것을 생각하니 가슴이 답답해졌고, 이걸 사기 위해 여러 번 돈을 썼을 것을 생각하니 기분이 더 가라앉았다.

고맙다고 말하면서도 표정은 점점 일그러졌다. 예상치 못한 반응에 두 사람은 당황했겠지만 내가 제일 당황했다. 이럴 때 보면 나는 참 촌스러운 사람이다. 좋은, 비싼, 고급인 물건들 앞에서는 긴장이 된다. 이게 다 얼마야, 이런 거 없어도 살 수 있는데. 그러는 동안 날 위해 이걸 준비했을 마음들은 뒤로 빠져버린다. 그 마음에 감사하는 마음도 저 멀리 달아나 있다.

나는 마음을 보자고 해놓고 늘 물건을 보는구나. 물건보다 마음이 중요한 거라고 생각하면서도 매번 중요한 걸 놓치고 마는구나. 그래서 그렇게 선물을 달가워하지 않는 건지도 모르겠다. 내 못난 마음에 대해 자꾸 생각하게 하니까. 적절하게 감사함을 표현 못 한 내 태도에 대해서도 곱씹게 만드니까. 과분한 선물을 받은 날은 한 치수 작은 옷을 입고 나온 것처럼 몸과 마음이 다 불편하다. 그리고 그렇게 촌스러운 게 또 나다.

고사리 가방

김성라 | 사계절

시집 서점 〈위트 앤 시니컬〉에 갔다가 이 책에 붙은 '선물하기 좋아요'라는 추천 문구에 주저 없이 집어든 책이다. 그러고 보니 내가 나에게 선물한 책. 탁월한 선택이었다!

흰색 표지에 세로로 쓰여 있는 책 제목. 밝은 민트색 띠지에는 책 속 그림들이 오밀조밀 그려져 있다. 도시에 사는 딸이 도시의 화려함과 속도에 지쳐 제주도에 사는 엄마에게 전화를 걸고, 봄마다 엄마가 소풍 가듯 떠나는 고사리 채집에 함께한다는 내용이다.

페이지를 느슨하게 채우는 예쁜 색깔의 그림에도 기분이 좋아지고, 엄마와 딸이 제주도 방언을 쓰며 고사리를 따라 가는 이야기도 따뜻하다. 그리고 갑자기 등장하는 아름다운 풍경에는 가슴이 막 두근거린다.

아침부터 저녁까지 유난히 지치는 일이 많았던 날 밤에 읽었는데, 읽다 보니 내가 뭐 때문에 힘들었는지 까먹고 말았다. 읽는 내내 뭐라 말할 수 없이 보드라운 것이 담요처럼 나를 감싸는 기분이 들었다. 다 읽고 나니 아끼는 사람들에게 얼른 선물하고 싶어졌다.

―

사랑을 받은 사람이 사랑을 줄 수도 있다는 말
나는 그 말을 백 퍼센트 믿는다.
그래서 이제는 사랑을 받는 연습을 할 거다.
민망해하지 않고, 창피해하지 않고, 주눅 들지 않고
당당하고 겸허하게 사랑을 받는 것.
그렇게 사랑을 누리다 보면
언젠가는 내 사랑을 나눠줄 수 있을지도 모른다.

―

026

삼 년 전에 만났던 남자의 전 여자친구 SNS에 들어가 보았다. 가끔 들어간다. 그 남자 계정은 차단을 해서 볼 수가 없기 때문이다. 그는 그 여자친구와 잠시 헤어진 시기에 나를 만났고 나는 진지했지만 그는 그렇지 않아서, 결국엔 내가 먼저 그만 만나자고 했다.

그런데 그 말을 하는 날, 나는 생각보다 너무 많이 울어서 몸을 가누기가 힘들 정도였다. 그런 내 옆에서 그는 끝까지 친구로 지내자고 속삭였다. 친구는 얼어 죽을. 나는 그런 그에게 신물이 나서 나지막이 선포했다. "우린 친구가 아니야." 그랬더니 그는 물었다. "그럼 뭔데?" 나는 대답할 힘도 없었지만 속으로 소리를 질렀다. 아무것도 아니지 미친놈아! 웬수 아니면 다행인 거지 이 또라이 같은 새끼야!

나와 끝낸 그는 그 여자친구와 다시 만났고 둘은 결혼했다. 그리고 둘은 지금 여행 중이다.

우에노 지즈코 | 은행나무

마음에 안 드는 남자를 보면, 그 옆에 있는 여자도 같이 욕하게 된다. 그럴 때마다 "그러게 누가 그런 남자 만나래?"라며 더 눈에 불을 켜는 내가 있다. 그러는 동안 알게 된다. 여자도 여혐을 한다는 것을. 내 안에도 무시무시한 여혐의 욕망이 자리하고 있다는 것을.

여자인 나조차 여자를 무시할 때가 있다. 그럴 때 나는 영락없이 남자의 얼굴을 하고 있다. 그러면 안 된다는 걸 머리로는 알고 있고, 그러지 않으려고 하지만 잘 안 된다. 그만큼 우리는 나도 모르게 '여성 혐오'에 절어 있다.

이 책은 그런 의미에서 나에게 꼭 필요한 책이었다. 페미니즘을 이야기할 때마다 빠지지 않고 등장하는 이름 우에노 지즈코上野千鶴子. 일본의 사회학자인 그는 세상에 만연한 여성 혐오를 소개하고, 우리가 미처 알지 못한 우리 머릿속, 마음속 여성 혐오를 들여다보게 한다. 어머니도 딸을 여성으로서 혐오할 수 있고, 딸 역시 어머니를 여성으로서 혐오할 수 있다는 대목에서는 전율을 느끼고 말았다. 여성으로서, 아니 한 인간으로서 세상과 나를 돌아보게 하는 책이다.

027

지인을 통해 사주를 보았다. 생년월일과 생시를
알려주면 역술가에게 사주 풀이를 받아 알려주겠다고 했다. 잠
시 후 카톡으로 도착한 내 사주에서 유난히 마음에 와닿는 말들
이 있었다. "남자를 만나더라도 다른 여자에게 뺏기는 사주야."
많지도 않은 지난 관계들이 죄다 엉망진창이었던 이유가 납득이
갔다. 아, 그런 거였나. 그 얘기를 들으니 억울함이 조금 가시네.
그런데 이어서 올해와 내년에 이별 수가 있다고 했다. 헉. 그리
고 몸이 크게 아플 수도 있으니 조심하라고 했다. 헉 헉.
나는 크리스천인데 극심하게 몰입하고 말았다.

누군가가 나에 대해 말하는 것을 들을 때면 열심히 고개를 끄덕이다가도 될 대로 되라는 심정이 된다. 특히 안 좋은 이야기를 들었을 때는 더 그렇다. 나 그냥 그 얘기 안 들은 거다? 이러면서 넘겨버린다. 갑자기 없던 여유도 부리게 된다. 유유자적 리락쿠마가 된다.

내가 세상에서 제일 좋아하는 캐릭터는 리락쿠마다. 그걸 아는 조카와 형부가 십 년 전에 리락쿠마 여행용 캐리어 가방을 선물해줬는데, 하도 열심히 끌고 다녀서 망가졌지만 아직까지 버리질 못하고 있다.

리락쿠마('리락'은 영어 Relax의 일본식 발음 '리락쿠스'에서 온 것이고, '쿠마'는 곰이라는 뜻이다)는 보고 있으면 나까지 '릴랙스'가 된다. 떠올리는 것만으로도 몸이 흐물흐물해지면서 그의 생활 방식대로 눕고 뒹굴고 낮잠 자고 싶어진다.

리락쿠마와 그의 친구들의 쉬는 법에 대해 이야기하는 책. 꼬마 리락쿠마와 노랑 병아리도 같이 등장해 들으나 마나 한 위로를 건넨다. 한 장 한 장 넘기는 일 자체가 휴식을 전해주는 귀여운 책이다. 소장용, 관상용으로 제격이다.

028

며칠 전에 후배가 말했다.

"생계가 안 되는 일인데 저는 이 일이 좋고, 그러니 어쩜 좋을까
요."

그러게, 어쩜 좋을까. 아무 말도 못 하고 한숨만 푹푹.

그러던 애가 며칠 뒤에 훌쩍 오키나와에 가 있다.

야, 어떻게 된 거야.

28 _____ 지금이 아니면 안 될 것 같아서

홍인혜 | 달

밀란 쿤데라Milan Kundera의 작품에서였나? 이런 문장을 읽은 적이 있다. 어딘가로 자꾸 떠나고 싶어 하는 사람은 지금 여기가 마음에 안 드는 사람이라고. 그 말에 그동안 내가 왜 자꾸 떠나고 싶어 했는지를 깨닫게 됐다.

웹툰 작가이자 카피라이터인 작가 역시 어느 날 한국을 떠나 런던으로 간다. 하지만 그 결정은 결코 '문득' 혹은 '갑자기'가 아니다. 스스로를 늘 정해진 노선대로만 달려온 사람이라고 칭하는 그답게 고민하고, 계획하고, 결정하고 나서도 한참을 끙끙 앓는다. 이게 맞는 결정일까? 내가 떠나도 될까?

그런 그이지만 짐을 쌀 때 운동화 대신 좋아하는 구두를 한 켤레 챙긴다. 고운 구두를 신고 고운 장소에 초대받고 싶다며, 여행자가 아닌 생활자가 되기를 열망하는 대목을 읽고 눈시울이 뜨거워졌다.

늘 참는 성격이었던 그는 시시때때로 소리 지르고, 울고, 곤경에 빠져가며 낯선 땅에 적응해나간다. 그 과정을 읽다 보면, 어디에 있건 내 앞에 놓인 시간은 나에게 맞는 삶을 찾아가는 시간이라는 실감이 든다. 지금이 아니면 안 될 것 같은 무언가를 발견하고, 실천하고, 내 것으로 만들어가는 과정이라는 것도.

찡하고 다정하고 씩씩한 책이다.

029

상담사 선생님이 오늘은 꿈 이야기를 하셨다. "평소 꿈을 꾸잖아요?"

"아니요. 저는 거의 꾸지 않는데요."

- 꿈을 꾸지 않는 사람은 없어요. 잠에서 깨어났을 때 기억을 못할 뿐이지요.

- 근데 꿈을 꾼다는 건 잠을 푹 못 자는 거라서 안 좋은 거 아니에요?

- 그렇지는 않아요. 우리는 꿈을 꾸기 때문에 살아갈 수 있는 거예요. 꿈은 무의식의 발현이죠. 일상생활은 그 반대고요. 현실에서 풀지 못한 여러 감정들, 사회생활 하느라, 사람들하고 어울려서 지내느라 받은 스트레스들을 우리는 꿈에서 맘껏 표현합니다. 현실에서는 차마 드러내지 못한 진짜 감정들을 꿈에서만큼은 드러내면서 자유로워지는 거예요. 그 시간이 있기 때문

에 우리는 힘든 현실을 버틸 수 있는 거지요.

내가 어떤 꿈을 꾸는지가 나라는 사람을 말해줘요. 신회 씨도 꿈 노트를 써보세요. 꿈을 꾸고 나면 아침에 일어나서 노트에 한번 적어보세요.

– 근데 저는 진짜 꿈을 안 꾸는데요….

그 말을 한 오늘 밤 바로 꿈을 꾸었다.

꿈 노트를 적기 시작했다.

요조 | 북노마드

아는 사람 중에서 꿈에 대해 이야기하는 걸 가장 좋아하는 요조. 나는 수진이라고 부른다. 한때는 같은 동네에 살기도 했고, 옷을 빌려 입기도 했으며, 여러 번 같이 술을 마시며 취했다.

요 몇 년 연락이 뜸해졌지만 나는 그를 늘 지켜보고 있다. 팟캐스트를 진행하는 것, 다양한 매체에 원고를 쓰는 것, 공연하는 것, 책을 내는 것. 그 안의 수진이는 묘하게 안정적이다. 그리고 행복해 보인다. 행복한 사람에게서는 안정감이 느껴지는구나, 그 안정감이 또 다른 안정감 있는 결과물들을 탄생시키는구나, 싶다.

이 책은 그가 헌책방을 열고 나서 있었던 일들을 중얼거리듯 들려주는 책인데, 퉁명스럽기도 하고, 나른하기도 하고, 까칠할 때는 까칠하다가도 한없이 인간적이기도 한 그의 모습이 구석구석 담겨 있다. 나 역시 한동안 책방 주인이 되는 게 꿈이었는데, 이 책을 읽고 마음을 접었다. 나는 그런 거 못한다.

책 전체가 몽땅 좋았지만 이 책 중 가장 좋아하는 대목은 프롤로그에 있다. 남자친구 덕에 책방뿐만 아니라 삶 전체가 무사하다고 느낀다는 대목. 그 짧은 문장만으로도 수진이의 삶이 진짜 무사하다는 게 느껴져서 마음이 좋았다.

무언가를, 혹은 누군가를 좋아한다는 건 대체 뭘까.

마음이 하는 일일까 아님 의지에 관한 일일까.

나는 후자에 더 가까운 것 같다.

하지만 나는 의지가 강한 인간이 아니고,

그래서인지 자꾸 스스로와 싸우게 된다.

이거 계속 가? 말아?

그러다 보면 궁금해진다.

좋아한다는 감정은 애정의 문제일까, 끈기의 문제일까.

030

지난 몇 년간 계속, 돈이 많이 있었으면 좋겠다는 생각을 했다. 돈이 늘 없었기 때문이다. 하지만 돈이 생기면 하고 싶은 일이 뭐였더라?를 떠올려보니 잘 생각이 안 난다. 여행? 쇼핑? 아무리 생각해봐도 막연히 '돈이 생기면 좋겠다'는 사실 하나만 바라온 것 같다. 돈이 있으면 행복해질 것 같아서. 정작 그 돈으로 할 줄 아는 건 하나도 없으면서.

돈은 사람을 맹목적으로 만든다. 그저 더 많이, 더 많이를 바라게만 한다. 정작 그 돈으로 뭘 하고 싶은지는 모른다. 나는 예전보다 더 돈을 갖게 되었지만 그때보다 더 돈 쓰는 방법을 모른다. 돈이 더 많이 생기면 행복할 것 같았는데 그렇지도 않다.

은행 잔고에 백만 원이 있을 때는 그 백만 원으로 여행을 갔다. 그런데 오백만 원이 생기고 나니 그 돈이 없어질까 봐 여행도 못 가고 돈도 못 쓴다. 커피 한잔도 아까워서 사 먹질 못한다. 사고 싶은 게 있어도 참는 게 습관이 됐다. 어느새 돈의 노예가 되어버린 거다.

따지고 보면 나는 그냥 스스로에게 관대하지 못한 사람인 것 같다. 돈을 좋아하지도 않으면서 스스로를 위해 쓰지도 못한다. 나는 나에게 박하다. 나에게 쓰는 돈을 제일 아까워하고 있다.

태미 스트로뻴 | 북하우스

오랜 세월 대출금에 허덕이며 큰 집, 많은 물건들과 함께 살던
작가는 어느 날 자신을 둘러싼 물건 더미에 경악하며 다운사이
징에 도전하기로 한다. 가장 먼저 실천한 것은 집 크기 줄이기.
바닥에 바퀴가 달려 있어 어디로든 이동할 수 있는 서너 평 넓이
의 집을 짓고 그 안에서 최소한의 물건들과 살기로 한다. 이 책
은 그가 경험한 삶의 미니멀리즘에 대한 이야기다.

미니멀리즘은 이미 소비와 소유를 누릴 대로 누려본 사람들의
종착역이라는 의견에 동의한다. 써볼 만큼 써봤고, 살 만큼 사
본 사람들이라야 비로소 양질의 물건을 잘 골라 오래 쓸 수도 있
다는 이야기다. 그럼에도 불구하고 이 책이 감동을 주는 이유는,
아무리 생각해도 우리는 필요 이상의 물건들에 둘러싸여 있기
때문이다. 소비를 통하지 않고는 만족감과 행복감을 느끼기 어
려운 삶을 살고 있기 때문이다. 그걸 알면서도 그 삶과 작별하기
는 쉬운 일이 아니다. 하지만 이 책의 저자는 그걸 몸소 해냈고,
그 삶에 만족하며 산다.

책을 다 읽고, 갖고 있던 책의 구십 퍼센트를 중고서점에 팔았
다. 안 입는 옷 다섯 박스를 기부하거나 버렸다. 그렇게 하고 나
서도 나에겐 읽을 책이, 입을 옷이 남아 있었다.

031

불쑥 화가 나서 친구랑 카톡을 하면서 쌍욕을 엄청 많이 했다. 이유는 모르겠는데 속에서 부글부글 화가 끓었다. 요새 유난히 바쁜 시즌이어서 예민해진 걸 수도 있고, 몸이 피곤한 걸 수도 있지만 이유는 알 바 아니다. 아침에 일어나자마자 막 짜증이 났다.

씨발, 썅, 막 이래가면서 지랄 발광을 하고 나니 카톡을 마무리지을 때 즈음엔 욱한 심정이 쓰윽 내려간 걸 느꼈다. 그러면서 다짐했다. 열 받는 일이 있으면 실컷 짜증 내야지. 미운 사람이 있으면 실컷 미워해야지. 영혼이 탈탈 털릴 때까지 욕하고 비난해야지.

소심한 나는 그 사람 앞에서 말 한마디 못 해. 은근히 괴롭히지도 못해. 화난 일이 있어도 화났다고 말도 못 해. 그러니 내 속이 풀릴 때까지 뒤에서 욕은 하게 해줘. 실컷 자기 합리화를 하고 나니 체기가 내려간 것 같이 속이 편안해졌다.

가끔 이유 없이 감정의 소용돌이가 몰아칠 때마다 하게 되는 말
이 있다. '호르몬 때문이야.' 그 말로 수습하지 못한 감정들을 변
명해왔다. 다 호르몬 때문인 거지. 내 잘못이 아냐.

하지만 이 책을 읽고 나서는 할 말이 궁해졌다. 이 책에서 호르
몬은 일종의 '신화'로서 기능하며, 역사적으로 왜곡되어왔고 다
수의 과학적 오류를 갖고 있다고 지적한다. '여성은 호르몬에 지
배당하는 존재'라는 명제는 성불평등을 유발하고, 가부장제를
존속시키기 위한 수단으로 활용되고 있으며, 제약 회사와 의료
기관의 이윤 추구를 부추긴다는 것이다.

게다가 생리전증후군, 출산, 산후우울증, 완경 등에 빠짐없이 거
론되는 '호르몬의 영향'은 우리가 알고 있는 것보다 미미하며,
우리는 왜곡된 정보에 의해 건강, 그리고 여성으로서의 삶에 대
해 잘못된 믿음을 갖게 된다고 말한다.

이 책을 읽으면서 그동안 내가 철석같이 믿고 습관적으로 떠들
어왔던 '호르몬 때문이야'가 맹목적이고 피상적인 발언일 수 있
음을 깨달았다. 쓸쓸하지만 반가운 발견이다. 평소 관심 있는 주
제여서 두 눈을 부릅뜨고 읽은 책. 제목을 들으면 어려운 책 같
지만 쉽고 재미있다.

032

  내일 남자친구가 한국에 온다. 오랫동안 기다려
왔던 일이다. 우리는 팔 개월 동안 롱디를 해왔고 그동안 딱 한
번 만났다. 그런 남자친구가 영영 내가 있는 곳으로 온다는데 별
로 기쁘지가 않다. 긴장한 걸까. 아니면 떨어져 지내는 것에 이
미 적응한 걸까. 아니면 더 이상 그를 좋아하지 않는 걸까. 셋 다
'아니다'인 것 같은데, 그럼 대체 왜 이런 건지 설명할 수가 없
다. 나조차 당황스러운 이 마음은 뭐지. 잠이 안 온다.

라이너 마리아 릴케 | 소담출판사

차분한 마음이 필요할 때 꺼내 읽는 책. 오래된 책임에도 내가
쳐둔 밑줄이 선명하다. 그 밑줄들만 먼저 읽어보았더니 타로 카
드의 점괘를 마주한 것처럼 소름이 돋는다. 기다리라. 경험하라.
문제 속에서 살라. 마치 나의 두통을 꿰뚫고 있는 듯한 문장들
이다. 이 책은 언제 읽어도 이런 식이다. 이미 나를 다 알고 있는
사람이 오직 나만을 위해 해주는 것 같은 말이 가득 담겨 있다.

시를 쓰는 한 학생으로부터 도착한 편지에 릴케는 답장을 쓴다.
그 이후로 그와 수많은 편지를 나누며 인생과 예술을 이야기한
다. '창조하는 자에게는 가난이 없으며, 그냥 지나쳐버려도 좋을
하찮은 장소는 없다'고, 고독이란 어렵기 때문에 좋고, 그렇기
때문에 우리가 고독해야 할 이유는 충분하다고. 정기적으로 이
런 편지를 받는 사람이라면, 어떤 어려움이 있어도 스윽 일어설
수 있을 것 같다. 나도 누군가와 이런 편지를 주고받고 싶다.

033

　　　　남자친구를 맞으러 인천 공항에 갔다. 밤중에 공
항 도로를 운전해 가는 일이 긴장된 건지, 잠시 후면 만난다는
사실이 떨려서인지 운전하는 내내 몸이 벌벌 떨렸다. 공항에 도
착해서도 아직도 그가 이곳에 온다는 사실이 실감이 안 났다.
공항에서 누군가를 기다리는 사람은 두 부류로 나뉜다. 누군가
를 만나기에 앞서 들뜬 표정을 감추지 못하는 사람들, 어쩐지 기
계적으로, 밀린 숙제를 하듯 자리를 지키고 있는 사람들. 내가
후자가 되면 안 될 것 같아서 애써 얼굴에 미소를 머금어봤다.
얼굴이 잔뜩 굳어 있다는 게 느껴졌다.
입국장 G게이트 앞에서 한 시간 정도를 기다리니 남자친구의
모습이 보였다. 화상 통화를 자주 했는데도, 그가 나를 향해 걸
어오고 있는 모습이 마치 모니터 속 장면처럼 느껴졌다. 한껏 흥
분한 모습으로 달려가 끌어안고 격정의 키스를 퍼붓고 싶었지만
그러지 못했다. 쭈뼛쭈뼛 다가가 껴안고 살짝 입을 맞췄다. 그

역시 이 시간을 어색해하고 있는 걸까? 그런 생각을 잠깐 하면
서도 침착한 척 그의 짐 하나를 받아 주차장으로 걸어갔다.

그러면서도 여전히 덜덜 떨고 있었다.

앨리자베스 길버트 | 솟을북

가끔 현실이 더 드라마틱할 때도 있지만 대부분의 현실은 영화 같지 않다. 영화 〈러브액추얼리〉 첫 장면에 나오는 애절한 재회의 순간 따위, 현실에서는 잘 일어나지 않는다. 아니, 그러고 싶다고 해도 멋쩍고 민망해서 어깨를 툭툭 치고, 살짝 끌어안는 게 다다.

그러면서도 일상에는 판타지가 필요하다는 걸 안다. 풍진 이 세상, 상상하는 재미마저 없다면 더 팍팍할 것 아니냐. 그럴 때마다 이 책 생각이 난다.

이혼을 앞두고 긴 우울을 겪던 작가 리즈는 망가진 자신을 변화시키기 위한 여정을 계획한다. 그렇게 비행기를 타고 날아가 이탈리아 로마에서 이탈리어와 음식에 빠지고, 인도 뭄바이에서 수련을 하고, 인도네시아 발리에서 새로운 사랑을 만난다.

그의 이야기를 따라가다 보면 어느새 온갖 상상에 사로잡힌다. 만약 세 도시를 고를 수 있다면 나는 어디로 갈까? 어디서 어떤 걸 하며 망가진 삶을 수선해볼까?

많은 사람들이 이 책을 읽고 발리로 떠났고, 나 역시 그랬다. 실제로 발리에 가보니 이 책을 읽고 있는 사람들이 많았다. 거기에는 나 같이 처절한 심정을 아닌 척 얼버무리고 있는 사람들이 잔뜩 모여 있었다.

034

　　새로 런칭하는 팟캐스트 녹음을 하고 왔다. 그룹
원더걸스의 멤버 혜림 씨가 디제이를 맡게 된 〈혜림의 북스피
릿〉이라는 프로그램에 첫 회 게스트로 나가게 됐다. 내 책에 대
해 이야기할 수 있는 시간이어서 반가웠지만 혜림 씨를 직접 만
나는 것도 기대가 됐다. 책을 한 권 사인해서 가져갈까 생각했지
만 왠지 오버하는 것 같아 관뒀다.

길을 헤매다 찾아간 녹음 스튜디오에서 어색한 인사를 하고, 잘
부탁드린다는 이야기를 하고 있는데 혜림 씨가 뭔가를 내밀었
다. "뵐 수 있어서 영광이에요. 와주셔서 감사해요."

내 책을 읽고 커피보다 차를 좋아하는 것 같아 선물하고 싶었다
면서 다양한 차를 예쁘게 포장해 선물해주었다. 그걸 받아들고
책 한 권 들고 오는 일조차 망설인 내 모습이 떠올랐다. 정작 축
하받아야 할 사람은 이 사람인데, 내가 선물을 받고 있고 뭐 하
는 거냐. 이 사람은 나보다 훨씬 더 어른이구나….

녹음은 화기애애한 분위기에서 진행되었다. 다정하고 편안한 분위기를 이끌어가는 혜림 씨의 진행 능력에 놀랐다. 이 프로그램 잘될 것 같다는 생각을 절로 했다.

많이 읽힌 책이 다 좋은 책은 아니고, 읽히지 않은 책 중에도 주옥같은 책은 많다. 하지만 좋은 책 중엔 많이 읽힌 책이 많다.

그래서 많이 읽히는 책을 쓰고 싶다. 이미 여러 권 실패했지만 (!) 그런 책들조차 많이 읽혔으면 하고 쓴 책이다. 개인적으로 아끼는, 혹은 더 고생하며 썼던 책이 많이 읽힐 것 같지만 꼭 그렇지도 않다.

몇 년 전, 새로 낸 책이 하도 안 팔려서 한숨 쉬고 있을 때 언니가 그랬다. "책은 그 책 나름의 운명이 있다고 생각해. 작가가 애쓴다고 책이 잘 팔리진 않는다고 본다. 작가는 쓰는 것까지만이야. 그다음엔 책이 알아서 제 갈 길을 가는 거야."

매몰찬 그 말이 위로가 되어 그날부로 내 책을 확인하러 서점 얼씬거리는 일을 그만두었다.

그 대신 집에서 이 책을 읽었다. 한 부부가 탄광 도시에 중고서점을 내고, 거길 유지하고 운영하기 위해 고군분투하는 이야기다. 어렵게 일구어낸 책방에서 동네 사람들은 새로운 사람들을 만나고, 다양한 책들과 함께 더 큰 세상을 발견한다. 그 과정들이 책을 좋아하는 사람에게는 울컥함으로 다가온다.

이 책을 읽고 나면 '책'에는 여전히 희망이 있다는 실감이 든다. 책을 좋아하는 사람들이 있는 한 나 역시 열심히 읽고, 또 써야 한다.

———

말하지 않는다고 해서
할 말이 없는 게 아닌데.
침묵이 더 큰 이야기를 품고 있다는 것.
이미 충분히 겪어보았지 않았나.
그러니 더더욱 내 안에 든 침묵을 나만 아는 언어로
적어놓아야겠다.
그게 일기.

———

035

며칠 동안 우리 집에서 지내던 남자친구가 새 직장에서 할 일이 있어 떠났다. 아직 휴대폰을 개통하지 못한 그를 위해 전화 통화를 도와주었고, 그 외에 자잘한 일을 처리하고 나서 그는 콜택시를 타고 새로 살게 될 동네로 갔다.

사람의 온기가 돌던 집이 다시 나 혼자만의 공간이 됐다. 하지만 그 안에서 안심하는 내가 있었다. 조용하고, 썰렁하지만 뭘 하더라도 신경 쓰는 사람이 없는 나만의 공간. 나는 누군가와 같이 있을 때의 나보다 혼자 있을 때의 내가 더 좋다. 이건 사랑, 애정 이런 것과는 별개의 문제다.

이럴 때마다 나는 연애와 걸맞지 않은 사람이라는 생각이 든다. 혼자 있는 게 이렇게 좋은 걸 보면 나는 관계랑은 어울리지 않는 사람인지도 모르겠다.

35 _____ 너한테 꽃은 나 하나로 족하지 않아?

데이비드 세다리스 | 학고재

한참을 낄낄대며 읽은 책. 작가 특유의 자조적인 개그와 비아냥 거리기가 흘러넘친다. 그는 새침하고 예민하게 웃기는 사람 같았다. 재미있는 건 알겠는데 친해지고 싶지는 않은 유형이랄까. '시니컬함'이라는 유전자를 보유하고 있는 듯한 그의 가족 이야기, 일본어를 모르는 미국인으로서 일본에서 외롭게 살던 이야기, 어린 시절 그와 형제자매들을 키운 무서운 베이비시터에 대한 추억까지. 읽다 보면 그가 내 앞에서 단단히 묶인 이야기보따리들을 하나 둘 풀어놓는 느낌이다.

미국에서 나고 자랐다면 더 공감할 만한 이야기들이겠지만 누구든 재미있게 읽을 책이다. 그만큼 그가 가진 말재주와 유머감각이 글로 잘 표현되어 있다. 그런 글을 우리말로 번역하는 것도 쉬운 일이 아니었을 텐데, 번역 역시 감각적이고 매끄러워서 읽는 재미를 더해주었다.

그에게는 '휴'라는 연인이 있는데, 두 사람이 같이 살면서 감정 싸움을 벌이고 아웅다웅하는 에피소드들이 유난히 재미있었다. 전혀 다른 두 사람이 함께 살면서 서로에게 익숙해지는 과정을 읽으며 누군가와 함께 사는 일에 대해 떠올리게 됐다. 하지만 즉시 이어지는 생각은 '나는 못할 거 같아'. 나는 못 할 것 같다….

036

낮에 소파에 누워 있는데 '나에게도 나만의 생활의 지혜가 있을까?'라는 생각에 사로잡혔다. 곰곰이 생각해보니 없지도 않은 것 같다. 한번 적어볼까.

1. 페트병 생수를 배달시켜 먹는 것보다 집에 정수기를 설치하는 것이 훨씬 편리하고 경제적이다. 단, 정수기는 렌탈로.

2. 이사할 때 가장 골치 아픈 것은 책 짐. 그러므로 책은 일단 도서관에서 빌려 보고 맘에 드는 책은 나중에 산다. 만약 책을 샀는데 두고두고 읽을 책이 아니라면 다 읽고 중고서점에 판다. 그리고 나중에 그 책이 필요해지면 그때 다시 산다. (써놓고 보니 되게 멍청하게 들리네)

3. 건강한 피부를 위해서 가장 중요한 것은 각질 관리와 수분 충전이다. 이것만 잘해도 피부 고민이 사라진다. 단, 주름은 받아들일 것. 그것은 화장품이 해결할 수 있는 영역이 아니므로

빨리 포기할수록 좋다. (뭐야 이건)

4. 오랫동안 연락이 끊긴 사람과 관계를 회복하고 싶을 때는 전화나 문자 대신 손편지를 보내면 효과가 좋다. 더욱 강력하고 진실한 감정을 전할 수 있다. (그만해…)

뭐야… 써놓고 보니 형편없네. 머릿속으로 생각할 때는 되게 그럴 듯해 보였는데 써놓고 나니 말도 안 되는구나. 사람이 이렇게 꼰대가 된다….

오스카 와일드 | 민음사

작품에서는 물론 일상생활에서조차 허를 찌르는 명언을 다수 남겨놓은 작가 오스카 와일드Oscar Wilde. 그의 말들을 일목요연하게 정리해놓은 책이 있다. 읽다 보면 명언의 모범 답안지를 살펴보는 기분이다. 예를 들면 이런 식.

사람들은 더없이 근사하고 현명하고 합리적인 인생의 계획들에 대한 이야기를 늘어놓곤 한다. 그 계획들 자체에는 아무런 문제가 없다. 그 계획들이 그들 자신을 위한 것이 아니라는 사실만 빼고는.

그는 생전에 자신의 뛰어난 상품 가치를 깨닫고 스스로를 홍보하는 데 적극적이었다고 한다. 그래서 늘 편지는 두 통씩 써서 한 통은 언론사에 보내곤 했다고. 명언을 생산해내는 데에는 타고난 낯 두꺼움과 당당함이 필요하다고 생각하는데, 저 대목을 읽고는 절로 납득이 됐다.

그동안 그가 남긴 명언이 얼마나 많으면 이 방대한 양의 자료가 모일 수 있었던 건지 놀라울 뿐이다. 자기 전에, 혹은 어딘가로 이동할 때 몇 페이지씩 읽기에 좋은 책이다.

037

오늘은 내 생일. 글쓰기 수업을 하러 갔더니 모든 학생들이 선물을 준비해왔다. 맙소사. 축하받는 것에는 익숙지 않지만 나만큼이나 소심한 사람들이 해주는 축하에는 어쩔 방도가 없었다. 케이크 촛불을 불 때는 절로 얼굴이 빨개지고, 이 순간이 어서 끝나기를 바랐다. 그러면서도 다 함께 축하해준 마음만큼은 잊지 못할 것 같았다. 선물을 든 손이 가득 차서 지하철역까지 땀을 뻘뻘 흘리며 걸었다.

수업이 끝나고는 엄챙 집에서 생일 파티를 하기로 했다. 엄챙, 주현이, 나 이렇게 모였다. 생일 축하를 받는다는 느낌보다는 좋은 날, 좋아하는 사람들과 함께 있고 싶었다.

언니들과 함께 있으면 나는 더 유치해지고, 되바라지고, 사나운 사람이 된다. 언젠가 내가 또 헛소리를 했을 때 주현 언니가 이런 말을 했다. "그래도 나는 너 안고 갈 거야." 그 말이 힘이 되어서 그날 이후 더 버릇없게 굴고 있다.

언니들과 밤새도록 먹고 마셨다. 과식과 과수다는 늘 효과가 좋다. 머릿속 생각을 날려주고 복잡한 감정에도 빠지지 않을 수 있다. 그저 먹으면서 떠들기만 하면 된다. 특별한 걸 하지는 않았지만 오늘은 오래 기억에 남을 것 같다. 당분간 그 힘으로 지낼 수 있을 것 같다.

안녕달 | 창비

어릴 때는 생일 선물로 책을 많이 받았던 것 같은데, 이제는 자주 받지 못한다. 글 쓰는 사람이 돼서 그런 걸까. 가끔 책을 선물하는 지인들 역시 주면서 한마디씩 한다. 왠지 너는 다 읽었을 것 같더라, 네 취향이 아닐까 봐 신경 쓰이더라. 사실은 비슷한 이유로 나 역시 책 선물을 잘 안 하게 된다. 책을 선물한다는 건 생각보다 어려운 일이다.

하지만 이 책이라면 선물받아도, 선물하기도 좋을 것 같다. 특히 휴가 따위 엄두도 못 내는 친구에게 선물하면 딱이겠다. 나 역시 아무 데도 갈 수 없었던 시기에 이 책을 읽었는데, 바로 눈앞에 바다가 펼쳐져 있는 듯한, 얼굴 앞에서 희미한 선풍기 바람이 불어오는 듯한 착각이 들었다. 어딘가로 떠나고 싶을 때, 하지만 그럴 수 없을 때 다시 읽게 될 거다.

손주가 선물한 소라 껍데기를 통해 한여름 신비로운 휴가를 떠나는 할머니의 이야기. 더 긴 설명은 스포가 될 것 같아 이 정도밖에 말 못 하겠다. 아련한 색의 크레파스로 그린 그림들, 귀여운 할머니의 모습을 보는 것만으로도 절로 마음이 풀어지는 책. 아이 보여주려고 샀다가 어른이 더 빠져들고 말 그림책이다.

열두 살 조카가 수영 강습을 마치고 우리 집에 놀러 온다고 한다. 뭘 먹고 싶냐고 물으니 우리 동네 떡볶이집에서 파는 떡볶이랑 순대, 튀김을 먹고 싶다고. 조카가 올 시간에 맞춰 잔뜩 사놓고 기다렸다.

아기 때 안아서 재우고, 우유를 먹이고 트림시키고, 똥 기저귀도 반가운 마음으로 갈아주던 애가 혼자 버스를 타고 놀러 온다니 기분이 묘했다. 하지만 나 혼자만 감상에 젖어 있었는지 조카는 오자마자 부리나케 분식을 먹어치우고 세 시간 동안 텔레비전만 봤다. "너 텔레비전 보러 왔어?" "어."

요즘 애들은 어른들보다 바쁘다. 학교에 방과 후 수업에 학원 수업까지 매일 연예인 같은 스케줄을 소화한다. 그 생각을 하니 세 시간 동안 텔레비전만 보러 온 조카가 이해가 됐다. 이게 힐링이지 뭐냐. 이모는 열 시간을 볼 때도 많아.

집으로 가는 조카에게 말했다. "다음에 텔레비전 보고 싶으면 또 놀러 와!" 조카는 고개를 끄덕였다. 다음엔 하루 종일 텔레비전 보게 해줘야지. 언니 몰래.

박진숙 글, 소복이 그림 | 풀빛

가끔 알라딘 중고서점에 가면 자주 접할 기회가 없는 분야의 서가를 더 들여다본다. 그럴 때는 누군가가 판 책, 이라는 사실보다 누군가가 이미 읽은 책, 이라는 사실에 더 방점을 찍게 된다. 그렇다면 나도 한번 읽어볼까? 하고 마음먹게 된다.

이 책은 그림책 코너를 서성이다 발견한 책이다. 제주에 예멘 난민을 받아들이는 일에 여러 의견이 분분하던 그때, 난민에 대해 알기 쉽게 쓴 책을 찾고 싶었는데, 딱히 끌리는 책이 없었다. 그런데 이 책은 난민에 대해 우리가 알면 좋을 다양한 정보들이 쉬운 글과 그림으로 표현되어 있어 아이들뿐만이 아니라 어른들에게도 도움이 될 것 같다.

책 중에서 '난민은 손님'이라는 문장이 마음에 남았다. '어려운 일을 당해 잠시 보호와 도움을 받으러 온 손님'이라는 말과 함께 '불난 이웃이 우리 집을 찾아왔을 때 우리는 어떻게 할까?'라는 비유가 인상적이었다. 그 문장 앞에서 어떤 혐오가 가능할까. 난민에게는 잘못이 없다. 잘못은 정책에 있을 뿐.

———

사람한테 상처받을 때마다
이제부터 내가 좋아하는 사람한테만 잘해줄 거야,
를 다짐하지만 그건 아닌 것 같다.
그런 생각 때문에 내가 이렇게 된 것 같다.

누군가의 태도에 따라 내 행동을 결정하는 것.
그것만큼 모두에게 이롭지 않은 선택이 있을까.

그런데 나 같은 인간은
사람에게 상처받을 때마다 결심을 한다.
이제부터 내가 좋아하는 사람한테만 잘해줄 거라고.
그 다짐이 나를 서서히 망가뜨린다.

———

생각을 미뤄두고 덮어두고… 그러다 보니 고민과
걱정 없이 살 수 있겠다고 착각한 시기가 있었다. 그러면서도 유
난히 잠을 잘 못 잤다. 긴 시간 뒤척이다 겨우 잠들어도 자주 악
몽을 꿨다. 입맛이 없고 몸에 염증이 많이 났다.

그럴 때 꾼 꿈 중에 가장 기억나는 게 있다. 어느 날 부모님이 허
름한 방 한칸에 전세로 들어가셨는데 그 집 주인이 살인사건에
연루되어 〈그것이 알고 싶다〉에 나온 사람이라는 것을 알게 됐
다. 그날 밤, 복잡한 마음으로 손빨래를 하고 있는데, 맞은편 방
에 사는 두 여자의 작당 모의가 들려왔다. "야, 계속 시간 끌지
말고 제대로 받아내. 등치려면 확실히 등쳐!" 뭐 이런 동네가 다
있나 싶어서 부모님께 하루빨리 이사를 가자고 부탁했지만 부모
님은 도화지 같은 얼굴로 갈 데가 어디 있냐고 물었다.

나는 잠에서 깨서 울었다. 어쩌면 그 현실이 부모님 현실과 크게 차이가 나는 것 같지가 않아서 한참을 바닥에 앉아서 엉엉 울었다.

내가 가진 고민과 걱정은 낮에는 내 눈치를 보는 것처럼 미뤄지고 덮어졌지만, 밤이 되면 스르륵 다가와 나를 덮쳤다. 그때 같이 살던 친구가 말했다. "너 잠잘 때 너무 힘들어해. 손을 떨고 몸도 떨고 수십 번씩 뒤척여." 오랜만에 단잠을 잤다고 생각한 날조차 그런 말을 듣다니 할 말이 없었다.

고민과 걱정 없이도 잘 살 수 있게 되었다고 믿었지만, 나는 그때 사소한 것들에도 툭하면 화를 내는 사람이 되어 있었다.

장강명 | 민음사

이십 대의 '계나'는 한국을 떠나 호주 사람이 되기로 한다. 이유
는 한국이 싫어서. 가진 것도 없고 끈기도 없는 자신은 이 나라
에서 도무지 경쟁력이 없는 인물이라는 생각이 들어서다. 그래
도 살려고 발버둥은 쳐봐야겠다 싶어 호주행을 선택한다.

강렬한 제목이 꼭 내 마음 같아서 읽기 시작했다. 누군가에게 이
야기하듯 이어지는 문장들에 가독성이 붙어, 앉은 자리에서 다
읽어버렸다. 시니컬한 계나가 늘어놓는 넋두리를 따라가다 보니
그가 여길 떠나고 싶어 하는 이유가 이해됐다.

작품 속에서 계나가 말한 두 가지 행복론이 있다. 뭔가를 이미
성취한 데서 오는 '자산성 행복'과 매일 새롭게 창출되어야 하는
'현금 흐름성 행복'. 계나는 이 두 가지가 다 필요한 사람이라고
했는데, 나는 어떨까?

호주의 풍경 묘사는 물론 호주 유학과 워킹 홀리데이, 그곳에서
의 아르바이트 생활과 영주권을 취득하는 여러 과정들이 세밀히
적혀 있어, 작가가 직접 호주 생활을 하고 나서 쓴 작품인 줄 알
았다. 그런데 순전히 인터뷰, 블로깅, 서적 등을 참고로 해 썼다
고 하니, 그 집요함에 감탄하고 말았다.

친구 희정이 결혼식에 다녀왔다. 친구 결혼식에
간 건 거의 십 년 만이다. 이 나이에 동갑내기 친구의 결혼은 흔
한 일이 아니다. 주변엔 오래 전에 이미 결혼해 아이를 키우거나
아직 결혼을 안 한(아니면 안 할), 혹은 이미 다녀온 사람들만 있
다. 그래서 친구의 결혼 소식이 신기했고, 그만큼 축하해주고 싶
었다.

평소 남의 결혼식에는 잘 안 가는데도 이 날만큼은 예식 시간 사
십 분 전에 도착해서 친구 사진도 찍어주고 혼자 어색한 미소를
지으면서 신부 대기실에도 앉아 있었다. 그러는 동안 나는 남의
결혼식에 가는 걸 안 좋아하는 게 아니라 좋아하는 사람들의 결
혼식만 가고 싶은 사람이라는 걸 깨달았다. 아무도 안 시켰는데
이렇게 일찍 오고, 성실하게 예식에 참여하고, 단체 사진을 찍
고, 뷔페도 먹고⋯ 남의 결혼식에서 그렇게 끝까지 자리를 지킨
건 손에 꼽을 정도였다.

피로연장에서는 반가운 얼굴을 여럿 만났다. 그럴 때마다 내 빈약한 사회성을 절감했다. 분명 반가운 얼굴인데 어떤 대화를 나누고, 어떤 표정을 지어야 할지…. 좋아하는데 오랫동안 못 만났던 언니가 말을 거는데도 제대로 대화도 못 이어가고 묻는 말에 대답만 했다… 아휴.

매일 익숙한 친구들만 만나고 집구석에만 있으니 사람 대하는 법에 점점 취약해진다. 오랜만에 만난 얼굴들 앞에서 어색한 모습만 보인 것 같아 돌아오는 길엔 내가 미웠다. 하지만 딱히 만회할 방법은 없다. 앞으로 나나 친구들이 결혼하는 일은 없을 것 같기 때문이다. 사람 일 모른다지만 그것만큼은 알 것 같다.

수신지 | 귤프레스

'사린'은 대학 동창인 '구영'과 연애결혼을 한다. 그리고 구영의 아내가 되자마자 그 집안 며느리가 된다. 시어머니 생신이면 새 벽같이 일어나 생일상을 차리고 명절이나 제사 때는 하루 종일 집안일을 하고, 시동생 남편 밥상까지 차린다.

친척들이 모일 때마다 여자들과 아이들만 앉는 작은 상에서 밥을 먹으며 '이상하다'를 느끼지만 시댁 어른들의 요구나 제안에 '싫어요'라는 말은 결코 하지 못한다. 다정한 애인이었던 남편의 우유부단한 모습에 사린은 섭섭하고 화가 나지만, 어디서부터 어떻게 해결해나가야 하는지는 알 수가 없다.

지극히 사실적인 만화인데도 가슴이 턱턱 막히고 울분이 쌓이는 건 내가 이상한 여자여서일까, 이 사회가 이상하다는 뜻일까. 만화 속 사린은 내 친구들의 모습이고 내 언니, 내 친척들의 모습이며 어쩌면 내 모습일 수도 있다는 걸 알기 때문일 거다.

주변 사람들의 결혼을 축하하면서도 내 '결혼'을 생각하면 한숨부터 나는 사람으로서 격한 공감을 하며 읽은 책이다. 그림이 유난히 귀여워서 만화 속 이야기들이 더 마음 서글프게 다가왔다. 여러 방향으로 생각하고 고민하게 만드는 좋은 만화, 좋은 책이다.

041

아빠 생신을 미리 축하하려고 온 가족이 부모님 댁에 모였다. 이런 날마다 아빠는 아침 일찍 일어나서 집 청소를 하신다. 마룻바닥이 미끄러질 것처럼 반들반들하다. 엄마는 상다리 휘어지게 음식을 차리시고는 늘 "먹을 게 없다"고 하신다. 먹을 게 많다.

언니네 식구, 나, 그리고 엄마, 아빠. 이렇게 일곱 명이 모였다. 그렇지만 딱히 할 건 없다. 얼굴을 쓰윽 보고 '잘 지내는구나'를 느끼면 그만이다. 그 다음에는 텔레비전을 보거나, 방에 들어가 낮잠을 자거나, 되도 않는 걸로 떼쓰는 조카들을 견디는 정도다. 부모님도 우리가 긴 시간 집에 머물면 좋아하시면서도 조금 피곤해하신다. 처음에는 그럴 리 없다고 믿었지만 집으로 향할 때 즈음 묘하게 마음이 개운해지는 걸 느끼면서 두 분도 충분히 그러실 수 있겠다 싶다. 다들 모이면 좋지만, 혼자 조용히 보내는 시간도 좋으니까.

그래도 우리는 같이 밥을 먹고, 케이크에 초를 붙이고, 생일 축하 노래를 부르고, 잠시 웃다가 각자의 장소로 흩어졌다. 조촐하게나마 온 식구가 아빠 생신을 축하할 수 있어 좋았다.

아빠, 생신 축하드려요.

아사오 하루밍 | 북노마드

행복은 멀리 있는 게 아니라는 말을 들을 때마다 몇 년 전에 본
트윗이 생각난다. '행복은 멀리 있지 않아요. ×나 멀리 있어요.'
그렇다. 행복은 우리에게서 가급적 멀리 있는 것이다.

그걸 실감할 때마다 대단하다고 느껴지는 사람들이 있다. 자신
이 행복한지 아닌지 생각하지 않고 묵묵히 하루하루를 사는 사
람들. 이 책을 쓴 작가도 분명 그런 사람 같다. 그는 일 년간 매
일 세 시에 벌어지는 일을 그림일기로 남기겠다고 결심하고 '어
디에 있더라도 내 본연의 자세를 흩트리지 않겠다'고 다짐한다.
어떤 날 세 시에는 카페에서 책을 읽고, 어떤 날 세 시에는 이불
에 누워 일어나지 못한다. 어떤 날 세 시에는 부모님 댁에서 가
족들과 시간을 보내고, 어떤 날 세 시에는 지하철에서 황당한 사
람을 목격한다. 귀여운 그림과 함께 짤막하게 이어지는 세 시의
일기를 읽다 보면, 이제껏 나에게도 수많은 세 시의 반짝임이 있
었겠구나 싶다. 하지만 그 모든 순간을 그저 그런 일상으로 넘겨
버린 것 같아 아쉬워진다.

사소한 약속을 꾸준히 지키며 사는 사람들은 언제나 존경스럽
다. 그런 의미에서 나도 꾸준히 읽고 써야지, 라고 다짐해보는
오후 세 시.

호기심을 주체하지 못하는 것만큼
탐욕스러운 게 없다.

궁금한 게 있어도 물어보지 않고 꾹 참는 건
엄청난 인내심을 필요로 한다.

사람들이 여럿 모인 술자리에서 한 사람이 다른 사람에게 물었다. "나이가 어떻게 되세요?" 그가 대답했다. "먹을 만큼 먹었어요."

'나이에 관해서는 이야기하고 싶지 않아요'라는 의지를 당차게 드러내는 대답에 마음 한구석에 소름이 돋았다. 멋있잖아! 나도 저렇게 말할 수 있을까? 속으로 연습해봤다.

— 나이가 어떻게 되세요?
— 마흔두 살이요. (민망하다는 듯 배시시 웃으며) 많죠?

아마 이러겠지. 내가 가진 큰 숫자에 괜히 찔려서 나이를 밝힐 때마다 민망하다는 듯 웃게 된다. 나이 먹은 게 잘못인가? (아니다) 그럼 나이를 물어본 사람이 잘못인가? (때에 따라서는 그럴 수 있다) 나이를 물어보는 질문에 나이로 대답하지 않으면 잘못

인가? (아니다)

결론은 사람들 모인 자리에서 나이에 대한 질문은 안 해도 될 것 같다는 것. 하지만 여전히 나는 습관적으로 나이를 묻고, 아무도 안 물어본 나이를 스스로 밝히며 자조적인 농담을 한다. 누구보다 나이에 대해 신경 쓰고 있는 것이다. 꼰대처럼.

'내가 꼰대일 리가 없어'라고 장담하는 순간이 꼰대가 되는 순간
이다. 그들은 자신이 꼰대가 되었다는 사실을 결코 모르지만 세
상은 다 알고 있다. 그렇기 때문에 난감하고, 그렇기 때문에 이
런 책이 필요하다.

누군가의 부적절한 언행, 성차별 발언을 대하면서도 '에유, 그냥
무시하자' 했다. 괜히 일 크게 만들지 말자고 생각했다. 하지만
이 책은 그런 건 다 때려치우고 쌍년이 되자고 말한다. 우리는
스스로의 생각대로 말하고 행동할 권리가 있다고. 여자라는 이
유로 참지 말자고.

일상생활에서 겪을 수 있는 여러 성차별의 상황들, '여자니까~
여자라서~' 들어야 하는 온갖 모욕적인 언사들에 사이다 반응
을 제시하는 책이다. 읽는 내내 묵은 체기가 쑥 내려가는 것처럼
속이 시원했지만 이내 서글퍼졌다. 당연한 말을 하는 사람이 왜
쌍년이 되어야 하는가.

만화 속 캐릭터처럼 나도 무례한 사람들 앞에서 할 말 하면서 살
고 싶다. 하지만 겁이 많아서 그러지는 못하고 뒤에서만 씹는다.
하지만 그런 나를 미워하지는 않겠다. 내가 생각하는 쌍년의 정
의는 이거기 때문이다. 내 의지대로 행동하는 나를 미워하지 않
는 여자. 그런 의미로 나 역시 쌍년이다.

043

〈다문화 고부열전〉에 중독됐다. 요 며칠 새벽까지 잠도 안 자고 다시보기를 서너 편씩 본다. 오늘도 일어나자마자 세 편을 봤다. 맨 처음에는 보면서 욕하는 재미로, 남의 사생활을 훔쳐보는 재미로 봤는데, 보고 또 보다 보면 할 말이 궁해진다. 그 안에는 내가 있다.

자기 마음을 표현할 줄 몰라 무조건 화부터 내는 시어머니. 무뚝뚝한 성격이라는 핑계로 식구들에게 독설을 내뿜는 며느리, 곤란한 일이 생기면 자리를 피하며 모른 체로 일관하는 아들 겸 남편…. 그걸 보면서 나도 저럴 때가 있었는데… 혹은 있었겠지… 싶고, 보면 볼수록 숙연해진다.

오늘 본 에피소드의 며느리는 아이를 업고 설거지를 할 때마다 혼잣말을 했다. "내가 누가 있어요. 내 말 들어주는 사람은 아무도 없어요. 시어머니는 맨날 나보고 뭐라고 해. 남편은 없어(남편은 지방에 있어서 이들은 주말부부). 나는 혼자야. 아무도 이야기

할 사람 없어." 이런 구구절절한 이야기를 벽 보고 혼자 중얼거
리는데 가슴이 찢어질 것 같았다. 나보다 한참 어린 여자가 그러
고 있는 걸 보니까 속에서 천불이 났다. 저게 어떻게 남 일이야.
나도 저럴 수 있어. 매일 일기장에 되도 않는 이야기를 혼자 나
불거리고 있는 나랑 뭐가 달라….

〈다문화 고부열전〉이 주는 교훈은 아무 이유 없이 이상한 행동
을 하는 사람은 없다는 거다. 누군가가 어떤 행동을 하고 그런
반응을 보이는 데는 다 그만한 원인이 있다는 거다. 아무 생각
없이 TV만 보는 것 같지만 TV로 마음 공부를 하는 사람이다
나는.

앤 리어리 | 문학동네

유능한 부동산 중개업자로 일하는 '힐디'는 일에 욕심이 많은 만큼 열정적으로 일하고, 고객들로부터 신뢰가 두텁다. 순발력과 책임감이 있으며 귀여운 강아지 두 마리를 키우는 따뜻한 마음씨도 가졌다. 하지만 그는 긴 세월 동안 술 문제로 가족들을 걱정시켜왔다. 알코올 중독 행태를 보이는 사람들이 흔히 하는 생각을 하면서. '나는 술을 조절해가며 마실 수 있어. 술을 끊을 수도 있어. 나는 그저 술을 즐기는 것뿐이야.'

그는 마음만 먹으면 자신을 둘러싼 모든 어려움을 극복할 수 있다고 믿지만, 그렇게 믿을수록 더 많은 일들이 꼬여간다. 그리고 점점 세상으로부터 고립된다.

서점의 소설 매대를 둘러보던 중 왠지 모르게 끌려 덥석 계산해버린 책이었는데 읽기 시작하니 도무지 손에서 놓을 수가 없었다. 마치 눈앞에서 움직이고 있는 듯한 힐디라는 캐릭터는 매력적이었고, 주변 인물들의 이야기도 흥미로웠다.

사람은 겉만 보고는 알 수 없다. 그 사람이 무슨 비밀을 품고 있는지, 가까이 있는 사람이라도 결코 모른다. 심지어 자기 자신도 모른다. '나는 아무것도 모른다'는 사실을 깨닫고 나서야 해결되는 문제가 있다. 이 소설은 그런 이야기를 하고 있다.

044

일본에 '바보는 감기에 걸리지 않는다'는 말이 있
다. 평소 그 말을 철석같이 믿어서 그런지 감기에 걸려본 적이
거의 없다. 그래서 나는 감기에 안 걸리는 사람인 줄 알았는데,
몇 년 만에 독한 감기에 걸려 정신을 못 차리고 있다.

와, 독하네 이번 감기.

장한업 | 아날로그(글담)

이탈리아의 면은 '파스타'라고 하면서 베트남의 면은 '쌀국수'라고 말하는 것. 아무렇지 않게 쓰고 있는 이 말에 불편한 진실이 숨어 있다. 우리는 존중하지 않는 나라의 음식일수록 우리말로 바꾸어서 부른다는 것이다.

이 책은 우리가 일상 속에서 얼마나 많은 차별의 언어를 사용하고 있는지를 꼬집는다. '다문화'라는 말에 숨어 있는 우월의식, 편견과 완고함으로부터 공고히 되는 차별의식의 위험성도 일깨운다. 그리고 보면 아무렇지 않게 쓰는 '바보'라는 말도 무수한 차별과 혐오를 담고 있는 말이 아닌가.

평소 차별에 반대하고, 이를 고민하면서 산다고 믿었지만 이 책을 읽다 보니 내 머릿속의 차별과 혐오의 개념은 근시안적이었음을 깨달았다. 나는 '은연중에 차별을 일삼는 사람, 하지만 그런 사람으로 비춰지기에는 억울한 사람' 정도가 아닐까.

지금 우리에게 꼭 필요한 이야기를 쉬운 말로 담은 책. 몇 장만 읽고 자려고 했는데, 흥미로운 내용 덕분에 새벽까지 잠을 못 잤다.

———

예전에 내 방구석에서 초록 잎을 뽐내고 있는
화분 두어 개를 보고 친구가 말했다.
"너 기운이 좋은가 보다. 화분이 이렇게 잘 자라는 걸 보면."
친구는 화분은 키우는 사람을 닮는다고 했다.
"좋은 기운을 가진 사람이 키우는 화분은 쑥쑥 잘 큰대."

———

하루 종일 감기로 갤갤거리던 중에 친구의 그 말이 떠올랐다.
볕도 안 드는 방구석에서
여전히 쑥쑥 자라고 있는 화분들을 보며 생각했다.

나, 아직은 괜찮을지도 몰라.

045

친구들에게 선물하려고 어젯밤에 인터넷 서점에
서 책을 두 권 샀다. 그런데 저녁이 되어도 책이 안 왔다. 눈이
와서 배송이 늦어지나 싶어서 검색해보니 이미 배송이 완료되었
다고 한다. 알고 보니 전전에 살던 데로 책을 배송했네. 전에 살
던 집도 아니고 전의 전에 살던 집이라니. 어휴, 남의 집까지 그
걸 또 언제 찾으러 가냐!

생각해보면 별것도 아닌데 열이 부글부글. 엄챙과 카톡을 하다
가 요새 내가 이런 식이라고 얘기했더니 엄챙이 물었다. 왜 그런
거냐?

왜 그런 거냐니. 나도 그게 궁금하다. 책은 내일 찾으러 가야겠
네. 아, 생각만 해도 욱한다. 내가 나에게.

뒤늦게 다시 트위터에 가입해 눈으로만 활동 중이다. 혼자 방구석에 있는 사람으로서는 알 리가 없는 각종 정보와 최신 유행(이라고 믿지만 아닐 수도 있다)을 섭렵하느라 하루에 몇 번씩 즐겁다. 트위터를 시작하며 유명한 계정 몇 갠가를 팔로우했는데, 그중 하나가 이 책의 저자였다. 공감 가는 트윗을 읽다 보니 그가 쓴 책도 궁금해져서 찾아 읽었다.

자신의 경험담을 바탕으로 직접 그림을 그리고, 글을 써서 완성한 이 책에는 가족으로부터 받은 크고 작은 상처들, 인간관계에 대한 고민, 꿈과 진로에 대한 고뇌 등이 담겨 있다.

저자가 사람 마음을 다루는 일을 하는 사람이어서 그런지 관심가는 주제도 많았고, 자신의 이야기를 솔직하게 털어놓는 책이어서 절로 몰입이 됐다. 특히 평소 스스로 '너무 예민한 건가?'라고 생각했던 부분들에 '예민한 거 아니에요. 자연스러운 거죠.'라고 이야기해주는 책이어서 더 고맙게 느껴졌다.

일러스트와 함께 실린 글을 한 장 한 장 읽으면서 마치 심리 상담을 받을 때처럼 마음이 울렁거렸다. 하지만 그건 낯설지만 개운한 느낌. 누군가에게 진심을 털어놓고 공감 받을 때 드는 느낌과 같았다. 마음에 무거운 짐을 안고 사는 사람이라면 누구나 위로받을 만한 책이다.

 엉뚱한 데로 배송된 책을 찾으러 갔다. 부모님과 내가 몇 년 전까지 살던 집이다. 외부인 단속이 철저한 아파트 정문에 차를 세워 방문증을 받고 주차장으로 가는 길에 문득 서글퍼졌다. 그래, 여기가 우리 집이었는데.

내가 서른이 조금 넘었을 때 엄마는 나를 그 집에서 시집보내기 위해서 무리해서 집을 샀다. 언니를 허름한 저층 아파트에서 시집보낸 게 두고두고 한으로 남았던 거다. 하지만 나는 엄마 희망과는 달리 시집을 못 갔고, 몇 년 뒤 부모님은 집을 내놓아야 할 처지가 됐다. 대출금을 감당할 수가 없었다. 그 덕에 엄마는 우울증을 앓았고 부모님은 급하게 지방으로 이사를 가게 됐다. 중간에 붕 뜬 나는 친구 원룸에 얹혀살게 됐다.

잘못 배달된 택배 때문에 잠깐 왔을 뿐인데 마음이 서서히 찢어지는 게 느껴졌다. 내가 이런데 엄마는 오죽할까. 요즘도 근처를 지나갈 일이 생기면 맘속으로 우시는 건 아닐까. 차라리 안 보고 싶어 눈을 찔끔 감을까. 택배를 찾아 돌아가는 길 내내 마음이 무거웠다. 엄마의 꿈이었던 그 집이 다 뭐였나 싶어서.

따지고 보면 집은 별 게 아닌데 또 별거인 곳이다. 아무것도 아닌 것 같은데도 아무것도 아닌 게 아닌 곳이다. 당분간 이 동네는 우연히라도 안 오고 싶다.

이석원 | 달

이석원 작가의 책은 성실히 챙겨 읽게 된다. 나와는 너무나 다른 사람 같지만 글을 읽다 보면 그의 마음을 알 것 같다. 솔직하고 뾰족하고, 슬프면서도 재미있는 글. 가족을 생각하는 복잡한 마음에도 깊이 공감이 간다.

그중 하나. 엄마가 해준 밥을 맛있게 먹으면서 그는 고마움에 습관적으로 돈을 드려왔다고 한다. 하지만 어느 날 엄마는 이렇게 말씀하셨다고. "네가 그렇게 돈을 줄 때마다 엄마는 쓸모없는 벌레가 된 것 같아." 그 문장에 마음이 덜컹, 했다. 내가 효도라고 여기고 해왔던 모든 것들이 어쩌면 효도도 뭣도 아니었을지 모른다는 생각에 진땀이 났다.

엄마를 미워하면서도 엄마를 받아들이고, 자신을 미워하면서도 자신을 받아들이려는 온갖 시도와 시간들이 이 책에 가득하다. 그는 이렇게 말하는 것 같다. 엄마를 받아들이는 것은 결국 나를 받아들이는 일이지요. 그래서 그렇게 힘든 일일지 몰라요. 우리는 나를 이해하기 위해서라도 엄마를 이해해야 해요.

이석원 작가 쓴 책 중 나는 이 책이 제일 좋다.

오늘은 소심한 글쓰기 종강일. 뒤풀이를 하는데 수강생들이 무언가를 건넸다. 놀란 마음에 열어보니 손편지를 내 사진 몇 장과 함께 책으로 엮은 롤링페이퍼였다. 얼른 읽고 싶었지만 혼자 있을 때 천천히 읽고 싶어서 새벽에 집에 돌아와 읽었다. 종이 한 장 한 장에 꾹꾹 담겨 있는 따뜻한 마음들… 가끔 다시 읽어보고 싶을 것 같아서 침대 옆에 놓아두었다.

수업 때마다 나 역시 학생들처럼 에세이를 써서 발표했다. 어디에도 발표되지 않을 에세이를 매주 한 편씩 쓰는 일은 부담 그 자체였지만 나름 의미 있는 도전이었던 것 같다. 그 덕에 나 역시 수업에 적극적으로 참여할 수 있었고 학생들에게 글쓰기에 대한 동기도 부여할 수 있었다고 생각한다. 내가 마지막으로 발표한 글은 이거.

어느새 안녕

안 하겠다고, 하기 싫다고 징징대며 버텨온 이번 학기가 좀 있으면 끝난다. 소심한 글쓰기도 마찬가지다. 두어 주만 있으면 종강이라는 사실에 생 박하잎을 우적우적 씹는 듯 속이 탁 트이면서도 한편으로는 쓸쓸함이 남는다. 참 좋은 사람들을 만났는데, 라는 생각이 들어서다.

어렸을 때부터 이랬다. 유난히 새로운 환경과 사람들에 적응하는 일이 힘들었고, 그래서인지 헤어짐이 고생스러웠다. 무언가를 시작하기에 앞서 '얼마 안 있으면 괜찮아질 거야'라는 누군가의 말도 들리지 않았다. 낯선 장소와 사람들에 익숙해져가는 일은 곤혹스럽기만 했다. 그러다가도 겨우 그곳과 그들에 적응하고 나면 어느새 이별해야 할 시간이 다가와 있었다. 이미 정이 잔뜩 들었는데, 이제는 우리가 헤어져야 할 시간이라니. 벌써? 난 준비가 안 됐는데?

나에게 이별은 늘 너무 빨리 찾아오는 것이었다. 실컷 가까워진 친구에게서 갑자기 받게 된 절교장 같았다. 그래서 실천하게 된 것은 차가워지는 것. 마음을 나누지 않는 것. 누군가와의 이별에 단단해지는 방법은 애초부터 정을 주지 않는 것이라고 믿기 시작했다.

그래서 무언가를 시작할 때 유난히 불평을 많이 한다. 하기 싫어, 가기 싫어, 재미없어를 중얼거린다. 그렇게 스스로에게 따끔

하게 한마디를 하고 시작한다. 들뜨지 마, 금방 그렇게 좋은 사람들이라고 믿지 마, 그 사람들을 네 인생에 끌어들이지 마. 그런 식으로 금세 정이 들고, 마음을 나눠주고 마는 자신에게 엄격하게 굴며 선수를 친다. 그러면서도 알고 있다. 나는 그렇게 모진 사람이 아니라는 것을. 또 한 번 적응하고, 마음을 나누고 정이 들어버려 고생할 사람이라는 것을.

소심한 글쓰기 수업에서도 그랬다. 요즘 들어 더욱 부산하고 갈피를 못 잡는 마음을 드러내며 나를 알리기 바빴다. '전 이 수업을 부담스러워해요', '요새 정신이 없어요', '사람들 앞에서 무언가를 가르치는 건 재미가 없어요'… 하지만 그런 말을 꺼내놓을 때마다 풀어지는 마음이라니.

안 해도 될 이야기에 귀를 기울여주고, 그럴 수도 있겠다고 고개를 끄덕여주는 사람들이 있었다. 이게 맞는지 저게 맞는지 나로서도 도전이었던 수업이 재미있다고 말해주는 사람들이 있었다. 푸념과 헛소리를 줄줄 늘어놓던 술자리가 즐거웠다고 말해주는 사람들이 있었다. 그런 눈빛들을 마주하면서 생각했다. '또 이렇게 될 줄 알았어.' 그리고 나는 또 한 번 미리부터 헤어짐을 생각하면서 눈물을 찔끔 흘린다.

함부로 열지 않겠다고 문을 꼭 닫아놓아도 그 문틈 사이로 들어오는 마음들이 있다. 티 나지 않게 고단함을 어루만지는 시선들이 있다. 함께 이야기하고 마음을 나눔으로써 달라지는 것이 분명 있다. 그걸 다 알고 있으면서도 그저 헤어짐이 아쉬워서 안 그런 척하는 사람도 있다. 그리고 그 안 그런 척이 결국은 실패했다는 걸 알고 쓸쓸해하는 사람이 있다. 하지만 이제는 생각한다. 이게 나인걸. 나라는 사람이 이런 식인걸.

이번에도 내가 더 많은 걸 얻어간다. 많은 걸 주고 싶을 때마다, 그래야 한다고 생각할 때마다 늘 내 안에 더 많은 것들이 쌓인다. 그래서 가르치는 일이 별로라고 생각하는지도 모르겠다. 내가 더 주고 싶은데, 내가 더 받아가니까. 어째 거꾸로 된 것만 같은 상황이 민망해서 하기 싫어, 를 중얼거리는지도 모른다. 나는 받는 것이 익숙하지 않은 사람이라는 것. 과분한 걸 받아도 누리지 못하는 사람, 좋은 걸 좋다고 순수하게 느낄 줄 모르는 사람이라는 것. 그런 나를 또 한 번 깨닫게 된 칠 주간의 시간이었다. 글을 통해 마음을 나누고, 서로의 진심을 꺼내 보인 시간들은 마치 미리 받은 크리스마스 선물 같았다. 유난히 삐걱대던 올 한 해를 부드럽게 매듭짓는 일종의 송년회 같았다. 이제 와서 말하지만 하기 잘 한 것 같다. 소심한 글쓰기를 하고 나니 새해가 조금은 덜 두려워졌다.

정용준 | 문예중앙

몇 년 전 소설가 정용준 선생님에게 소설 수업을 들은 적이 있다. 결국 내 소설은 쓰지도 못했고, 다른 사람들 작품만 넋 놓고 구경하고 왔지만 글쓰기를 배우는 학생으로서의 시간은 잊을 수 없는 추억으로 남아 있다.

어느 날 서점에 가서 책을 보던 중, 선생님이 문학상을 탔다는 것을 알게 되었다. 반가운 마음에 책을 읽기 시작했고 읽으면서도 벅찬 감동이 몰려와 기쁘고 자랑스러웠다.

'나'는 아는 형의 갑작스러운 부탁으로 지적 장애가 있는 청년 '한두운'을 하루 동안 보살피게 된다. 그는 책가방을 메고, 얼굴에는 헤드기어를 쓴 모습으로 나 앞에 나타난다. 외모만으로도 벌써 '다름'이 느껴지는 그이지만 식당에서 밥을 먹을 때 괴성을 지르고, 혼잣말을 하고, 사람들과 시비에 휘말리며 여러 번 나를 당혹스럽게 만든다. 소설은 접점이라고는 없는 두 사람이 하루 동안 선릉 주변을 걸으며 서로에 대해 알아가는, 아니 더 몰라가는 이야기를 담고 있다.

평소 관심을 갖고 있는 주제여서 유난히 몰입해 읽었다. 덤덤하게, 묵묵하게, 하지만 힘 있게 이야기를 이끌어가는 정용준 소설가의 끈기와 재치가 느껴지는 작품이기도 하다. 책을 다 읽고는 선생님께 오랜만에 문자를 보냈다. 선생님 잘 지내세요? 답장이 왔다. 네, 잘 지내고 있지요.

———

버스에서 이런 광고가 흘러나왔다.
"건강이 소중한 당신에게 우정을 나눠 드리겠습니다~
우정 약국!"
왠지 시비 걸고 싶은 광고다.
건강이 소중한 사람한테 건강을 줘야지
우정을 주면 어떡하냐.

———

그런데 이 근처에서 약국 갈 일이 있을 때는

그 약국을 먼저 찾아가 볼 것 같다.

광고 성공.

048

대학교 마지막 수업이 있는 날. 이번 학기까지만 하고 그만두겠다고 말씀드렸다. 그동안 이 한마디를 하기가 어찌나 어려웠는지. 고정된 수입이 없는 사람에게 대학교 시간강사 자리는 괜찮은 일자리다. 게다가 늘 집에만 처박혀 있는 나 같은 사람은 정기적으로 외출할 기회가 필요하다. 매 학기 새로운 학생들을 만나는 것도 자극이 된다. 하지만 다 알면서도 계속 그만두고 싶었다. 일주일에 하루 이틀 고정되어 있는 일정 때문에 학기 중에는 늘 어디 갇힌 사람 같았다.

그러면서도 강사 제안이 오면 늘 수락했다. 프리랜서로 일하면서 들어오는 일을 거절하는 건 멍청한 일 같아서다. 그러면서도 늘 그만두고 싶었다. 새 학기가 시작될 때마다 이 일만 없으면 행복할 것 같았다. 이 짓을 사 년 동안 반복했다.

참 어려울 줄 알았는데 웃으면서 '그만 해야 할 것 같다'고 이야기하는 내 모습에 나도 놀랐다. 그만두기를 결심하는 일은 지난

한 시간이 필요하지만 그걸 말하는 것은 일 분도 채 걸리지 않는
구나. 왠지 허무했지만 그동안 보낸 고민의 시간이 이 짧은 대화
를 만들어준 것 같다.

고민의 시간은 값지다. 길고 가늘게 고민하고 나서야 겨우 해결
되는 일도 있다.

박정석 | 중앙북스

익숙한 곳을 떠나 새로운 곳에서의 삶을 시작하기 위해 필요한 덕목은 뭘까? 결단력? 아니면 심사숙고? 따지고 보면 무모함 아닐까. 거기서 살면 행복할 것 같아서, 어느새 삼 년째 강원도 바닷가의 오두막집에서 생활하는 사람이 있다. 얼핏 무모하게만 느껴지는 소개임에도 책을 읽다 보면 이 사람이라면 충분히 그럴 수 있을 것 같다. 그가 경험한 일화마다 패기가 가득하다.

이 책은 도시에 살던 작가가 강원도 바닷가에 새로운 터전을 잡고 생활해나가는 이야기를 담고 있다. 작은 마을 주민들의 오지랖과 아는 사람들의 '언제까지 거기 있을 건데?'라는 참견을 넘어 담장도 없는 집에서 진짜 채소를 키우고, 오리도 기르고, 살이 베일 것 같은 추위에도 적응해나간다.

이 책을 읽으니 자연 가까이에서 사는 걸 꿈꿔온 내 모습을 반성하게 됐다. 시골에서의 삶은 결코 녹록한 게 아니구나. 바닷가에서의 삶은 네가 생각하는 그런 것이 아니다, 라고 등짝을 때리는 느낌이었달까.

그의 글은 시원시원하고 유쾌해서 늘 신나게 읽게 된다. 그의 핀란드 여행기 《화내지 않고 핀란드까지》도 재미있게 읽었다.

049

　　요즘 새삼 남자친구와 말이 안 통한다는 느낌이
든다. 오랜만에 걸린 감기가 계속 낫지 않아서 가뜩이나 지겨워
죽겠는데, 영어도 더 안 나온다. 안 그래도 더듬는 영어를 유난
히 더 더듬거리면서 말한다. 한참 머뭇거리다 맞지도 않는 단어
를 나열하는 식이다. I go… post office… to mail today…. (내가
오늘 택배를 부치러 우체국에 갔는데)

무슨 네 살 아이처럼 긴 시간을 들여 문장을 완성하면 그는 다
이해한다고 알아듣는다고 말하지만, 말하는 내가 속이 터지는
건 다른 문제다. 오늘 벌어진 같잖은 소식 하나를 전하는데도 십
분이 넘게 걸린다. 말하다 내가 지친다. 분명 웃긴 얘기인데 영
작해서 말하다 보면 대체 이 말 같지도 않은 얘길 왜 시작한 거
지 싶다. 결국 본의 아니게 지친 목소리로 전화를 끊었다. 우리
가 영어로만 대화해야 한다는 사실이 답답하고 짜증난다.

갑자기 생각이 많아졌다. 요새 아무 생각 없이 살고 있는 줄 알았는데 시간이 남아도니 생각도 남아도네. 무거운 생각이 이어졌다. 계속 이런 식이면 헤어져야 하는 건가. 대화가 더욱 필요한 순간에 대화가 힘들다는 것, 이거 심각한 문제 아닌가.

남자친구와 진지한 대화가 필요할 것 같은데 엄두가 안 난다. 머릿속으로 영작하면서 말할 생각을 하니 벌써부터 피곤이 몰려와서 그냥 입을 닫아버렸다. 잠이나 잘래.

이 책이 좋은 이유는 작가가 이 책을 쓰기로 결심하고 썼다는 데에 있다. 멋진 작품으로 이미 많은 독자를 보유하고 있는 그가 '그때가 없었다면 지금의 나는 없어요'라며 그를 거쳐간 시간들에 대해 쓰기로 한 것이다. 그렇게 학창 시절의 추억을 꺼내놓고, 병실에서 지냈던 도쿄라는 도시에 대해 이야기하며, 그동안 사랑했던 남자들에 대해 털어놓는다.

그리고 직업 작가로서 새로운 장르에 도전할 때의 마음, 독자들을 향한 복잡하고도 애틋한 심정에 대해 말한다. 마치 선명한 영화를 보는 것처럼 눈앞에서 펼쳐지는 솔직한 이야기들에 흠뻑 빠져버렸다.

책의 마지막에서 작가는 상처와 결핍에 대해 이야기한다. 우리는 스스로의 결핍을 정면으로 바라보거나 받아주어야 한다고. 나 자신이 아니면 세상의 그 누가 그걸 받아줄 수 있겠느냐고. 그 부분을 읽으며 내가 가진 상처와 결핍을 되돌아보게 되었다. 그러는 동안 느껴지는 것은 슬픔이나 안타까움이 아니라 나는 여기에 있다, 는 확신이었다. 이 상처와 결핍을 가지고 있는 내가 여기 분명히 존재한다. 이 책은 그런 믿음과 용기를 준다.

050

주현 언니와 엄챙을 만났다. 일주일 전이 엄챙 생일이었는데 이런 저런 이유로 약속이 미뤄져서 생일 파티를 못 했다. 뒤늦게라도 시간을 갖기로 하고 각자 선물을 마련해서 만났다. 작은 생일 케이크도 샀다.

좋은 날인데도 나오는 이야기들은 우울한 이야기뿐. 요새 들어 몸이 자꾸 아프고, 마음은 계속 안 좋고, 제대로 풀리는 일이 하나 없다. 그렇지만 우리가 남들에게는 못 할 이런 이야기를 털어놓을 수 있는 사람들이라서 좋았다. 행복한 일은 거의 없지만 만났을 때만큼은 괜찮은 사이. 짜증나는 일도 농담을 하면서 웃고 털어버릴 수 있는 사람들. 그러는 동안 그래도 이 정도면 가능성이 아예 없는 건 아니지 않나, 하는 이상한 희망을 갖게 하는 우리들이다.

내가 요즘 연애가 참 쉽지 않다고 말하니 주현 언니가 그랬다.

"안 해도 되는 거면 하지 마. 피할 수 있으면 피하는 거야."

그럼 나는 이 연애를 피해야 하나. 남자친구와 헤어지는 게 맞나? 집에 오는 길에 그 생각을 하다가 엉엉 울어버렸다. 눈물이 폭포수처럼 흘러서 눈 밑에 와이퍼가 필요할 지경이었다. 헤어진다는 생각을 하니 눈물이 멈추질 않고, 좋은 마음으로 다시 잘해보려고 하니 자신이 없고. 그냥 다 모르겠다.

대체 왜 이렇게 되어버렸을까. 나는 연애를 잘 못하는 사람이라, 좋아도 힘들고 싫어도 힘들고 연애는 힘들기만 하다. 그렇게 좋았던 이 사람도 어느새 힘든 사람이 되어버린 것 같아서 자꾸 눈물만 났다. 모르겠다. 다 모르겠다.

그냥 좋게 받아들이세요

마리아 스토이안 | 북레시피

행복을 행복으로 받아들이는 일도 마찬가지지만, 불행을 불행으로 받아들이는 일에도 용기가 필요하다. 내가 지금 좋아하는 게 맞는 걸까? 내가 지금 화를 내는 건 이상한 게 아닐까? 하루에도 몇 번씩 우리는 스스로의 감정을 의심하고 또 의심한다.

그동안 다양한 사람들의 성폭력 피해 사례를 모아온 작가 마리아 스토이안Maria Stoian. 그가 어린 시절, 성폭력을 당한 일에 대해 말했을 때 엄마는 제일 먼저 '그때 어떤 옷을 입고 있었느냐'고 물었다고 한다. 그 기억을 곱씹으며 피해자가 무시당하지 않고 목소리를 낼 수 있도록, 그 목소리가 일종의 치유 과정이 되기를 바라는 마음에서 이 책을 썼다고 밝혔다.

여성이라면 누구나 공감할 수 있는 일상 속 성폭력 사례들이 알록달록하고 강렬한 그래픽과 함께 펼쳐진다. 책장을 넘길 때마다 화가 나고, 온갖 생각에 잠기게 되지만 그럼에도 불구하고 용기 내어 목소리를 들려준 여자들에게 무언의 연대를 느끼게 된다. 불편한 것을 불편하다고 말하는 것은 용기를 필요로 한다. 하지만 그 용기가 세상을 바꿀 수도 있다. 그렇기 때문에 우리는 우리 감정이 어떻다고 당당히 말할 필요가 있다.

———

힘들다, 는 생각이 들 때마다 이어서 드는 생각은
세상에는 나보다 더 힘든 사람이 많아, 라는 생각이다.
그렇게 내가 느낀 슬픔, 우울, 고통은 저 멀리 내팽개쳐졌다.
하지만 그건 안 좋은 습관이었다.

모든 감정에는 이유가 있는 건데
내가 느끼는 감정에 대해 적어도 나만큼은
그렇구나, 해줘야 하는 건데
난 그걸 못 해줬다.
그래서 시간이 지나 불쑥 마음이 가난해진다.

———

요즘 내 상태가 많이 안 좋아 보였는지 언니가 갑자기 호텔에서 애프터눈 티를 사주겠다고 했다. 갑자기 웬 애프터눈 티냐고 했더니 그런 거 먹으면 기분 전환될 거 아냐! 했다. 단순하네.

"비싸지 않냐?"

"동생한테 이 정도는 할 수 있지."

웬 쿨 워터 향. 언니는 평소 할인카드나 쿠폰 없이는 쇼핑을 안 하는, 물건 하나를 사는 데도 온갖 쇼핑몰을 비교 검색하며 옆에 있는 사람을 질리게 하는 타입인데 갑자기 호텔 애프터눈 티를 쏘겠다니 반갑기는 했지만 뭐랄까. 가장 합리적인 가격대와 메뉴를 선보이는 곳을 알아보기 위해 언니가 얼마나 혈안이 될지 상상이 가서 좀 그랬다.

잠시 후 언니는 자기 생일이 있는 달에 딸기 뷔페에 가자고 했다. 언니 가족 생일상에 내가 꼽사리를 끼는 형태였다. 하지만 그때가 아니면 딸기 뷔페라고는 구경도 못 할 것 같아서 덥석 수락했다. 난생처음 가보는 딸기 뷔페! 사진도 많이 찍고 딸기도 많이 먹어야지! 두 달 뒤에 있을 이벤트에 조금 설렌다.

가기도 전에 기분 전환이 되고 말았다.

51

시간과 추억을 기억하는 방식은 사람마다 다르다. 누군가는 사진을 찍고, 누군가는 글을 쓰고, 그림을 그리기도 한다. 영수증을 모으는 사람도 있다.

스물다섯 살의 '정신'은 자신의 시간을 추억하기 위해 무엇을 샀는지를 기록한다. 친구 집에 재워 달라고 말하기 위해 오백 원짜리 커피 우유를 사고, 엄마 집에 갈 때는 삼만오천 원짜리 우족을 산다. 자꾸 오빠라고 부르게 되는 아빠가 새 집 벽에 붙여줄 타일도 사고, 재활용 센터에 가서 가전제품도 산다. 그가 받은 영수증, 그 안에 담긴 물건을 보면 그가 누구를 생각하고 아끼는지, 누구를 그리워하는지, 누구에 대해 슬퍼하는지가 보인다.

스물다섯에 이 책을 쓴 작가는 어느새 지금 나와 비슷한 나이가 되었다. 십오 년 전 이야기들이다 보니 지금은 없어진 인터넷 두루넷, 신촌 타워레코드의 흔적이 보이는 영수증에 추억에도 젖게 된다. 그리고 이 책의 사진을 찍은 친구 '사이이다(그때는 '사이다'였던)'와 여전히 이어가는 아름다운 우정에 눈시울이 뜨거워진다.

2004년에 처음 나온 이 책은 2016년에 재출간되었다. 둘 다 읽었는데 둘 다 좋다.

　　멀리 떨어져 사는 친구들에게 보내려고 크리스마스카드를 썼다. 아이들을 키우는 친구들에게는 같이 보라고 보노보노 스탬프도 찍었다. 스무 통 넘는 카드를 쓰면서 손가락 통증이 도질 뻔했지만 마음만은 부자(라고 믿어본다).

부모님에게도 썼고, 언니 가족에게도 썼다. 딱히 대단한 말도 안 적힌 카드를 집에까지 보낸다니 멋쩍기도 했지만 반대로 내가 받는다면 기분 좋을 것 같아서 썼다. 그러는 동안 늘 친구들은 잘 챙기면서 가족들에게는 소홀한 내 모습을 되돌아보게 됐다.

부모님 생일에도 늘 현금으로 때우고 만다. 작년보다 올해는 돈을 더 넣었으니 그만큼 더 챙기는 거지, 라고 멋대로 생각한다. 돈을 쓰는 게 마음을 쓰는 게 아닌데 부모님에게는 그렇게 하게 된다. 왜일까. 부끄러워서일까, 성의가 없어서일까. 그러면 됐다, 고 변명하는 마음일까.

박준 | 난다

몇 년 동안 연락을 안 하고 지내던 친구에게 편지를 썼다. 우리가 이렇게 멀어진 게 서운하다고. 그런데 그게 내 잘못인 것 같아 미안하다고. 한참 후 친구가 답장을 보내왔다. 간단히 자신의 안부를 알리며 조만간 만나고 싶다고 썼다. 우리는 곧 만날 것이다. 편지가 우리를 다시 이어준 거다.

이 책을 처음 읽었을 때도 유난히 〈편지〉라는 꼭지가 마음에 들었다. 세상을 떠난 누나의 짐에서 발견한 쪽지들에 대해, 말보다 글이 갖는 힘에 대해 쓴 글이었다. 조만간 편지를 써야겠다고 마음먹게 한 그 글이 좋아서 에세이 수업할 때 자료로도 썼고, 친구들에게도 읽어보라고 보내주었다.

한 낭독회에서 박준 시인이 이런 말을 했다. "문학의 가장 큰 목적은 감정을 솔직하게 드러내는 거예요." 그날 이후 글을 쓸 때 종종 그 말을 떠올린다. 솔직해지자, 일단 털어놓자…라는 생각을 하면서 쓴다. 그런 마음으로 편지도 쓴다.

그러고 보면 우리가 주고받는 편지야말로 문학이 아닐까. 오직 편지를 쓰고 그걸 받을 사람만을 위한 문학.

상담을 받으러 가서 얼마 전 꾼 꿈 이야기를 했다.

"길을 걷는데, 중국인 관광객처럼 보이는 무리들이 다가오더라고요. 길을 물어보고 싶은 것 같았어요. 그런데 그 사람들은 영어를 못 했고, 저는 중국어를 못 하고요⋯. 홍대에 있는 클럽을 찾고 있는 것 같았는데, 지하철 노선도도 안 갖고 있어서 어떻게 설명해야 할지 너무 답답했어요. 말은 하나도 안 통하는데 제 얼굴만 보고 대답을 기다리던 그 사람들 얼굴이 기억나요. 어떻게든 알려주려고 여러 번 설명했는데도 계속 안 통해서 속이 터질 것 같았어요. 이거 혹시, 남자친구랑 말 안 통하는 답답함이 꿈으로 나온 걸까요?"

하지만 상담사 선생님은 전혀 다른 말씀을 하셨다.

"중국인 관광객이 신회 씨일 수도 있지요."

황당함에 눈을 껌뻑거리고 있으니 설명하셨다.

"꿈에서 본 누군가가 내 모습일 수도 있어요. 신회 씨는 이제껏 남자친구와 대화가 통하지 않아 많이 답답해했지요. 우리말에 서툰 남자친구가 신회 씨 글을 읽지 못한다는 것도 안타까워했 고요. 그런데 신회 씨가 그동안 남자친구에게 본인의 글과 책에 대해 이야기하기 위해 한 노력은 무엇이 있을까요?"

대답이 궁해졌다.

"생각해보니까… 딱히 없네요…."

선생님은 제안했다.

"이런 건 어떨까요? 신회 씨가 그동안 써온 책을 하나씩 남자 친구에게 설명하는 거예요. 제목이랑 목차를 짚어가면서 이런 생각이 들어서 이런 글을 썼어… 이렇게 이야기하는 건 어떨까 요?"

"아… 그런 생각은 해본 적이 없었어요…."

"꿈속의 관광객은요. 한국에 즐기러 온 사람들이죠. 그런데 그 흔한 지하철 노선도도 준비하지 않았고, 영어로 길을 물어보는 노력도 하지 않았지요. 그러면서 '홍대 클럽에 가고 싶다'는 마음만을 계속 이야기했어요. 얼굴도 모르는 신회 씨한테요. 더 나은 여행을 위해서 자신들이 준비해야 할 것들이 있었을 텐데, 그점에 대해서는 소극적이고 의존적인 모습을 보였지요. 그게 신회 씨 모습일 수도 있지 않을까요?"

"아… 제가 남자친구랑 소통을 원한다고 하면서도, 노력은 안하고 있었던 것처럼요…?"

"네."

거참 난감하다, 는 생각을 하고 있는데 선생님은 미소를 방긋 지으며 말씀하셨다.

"오늘 이 이야기를 일기에 써보는 건 어떨까요?"

그래서 집에 오자마자 이렇게 일기를 쓴다. 꿈에 대해 기록하는 일을 당분간 부지런히 해봐야지.

옷가게 점원으로 일하고 있는 '츠치다'에게는 동거 중인 남자친구 '세이이치'가 있다. 무명 뮤지션인 그는 무기력에 빠져 집에서 빈둥거리고 츠치다는 직접 생활비를 벌어 그를 먹여 살린다. 하지만 매일같이 빠듯한 생활비 걱정에 결국 츠치다는 술집에서 일을 시작하고, 더 큰돈을 주겠다는 고객의 꼬임에 2차까지 나가게 된다. 그러던 중 과거에 지독하게 사랑했던 남자 '하기오'를 우연히 다시 만나 마음이 흔들린다. 그 이후 자신을 불안하게 만드는 하기오와 좋아하지만 믿을 구석은 없는 세이이치 사이에서 방황하는데….

속 터지는 스토리임에도 미워할 수 없는 만화다. 서늘하고 핏기 없는 그림에 마음을 울리는 내레이션, 답 안 나오는 그들의 관계까지…. 이리저리 끌려 다니기만 하는 주인공이 왠지 내 모습 같아 공감이 갔다. 하지만 결국 츠치다는 더는 망설이지 않겠다는 듯 자신만의 선택을 하고, 그 모습에 왠지 모를 기운을 얻었다. 만화는 절망을 보여주면서도 희망을 이야기한다.

십여 년 전에 처음 읽은 후 지금까지 세상에서 가장 좋아하는 만화책이다.

———

겨우 손에 꼽을 만큼의
소중한 사람들에게 써야 할 관심과 신경을
전혀 모르는 타인들에게 쓰고 있다니.

나 뭐 하냐.

———

054

기말고사 날. 오늘만 지나면 학교는 안 가도 된다.
사 학년 방송 수업 시험문제는 이거다.

〈무한도전〉이 새로운 출연자와 콘셉트로 재방영을 검토 중이라는 소문
이 돌고 있다. 기존 〈무한도전〉의 취약점 및 단점을 서술하고, 이를 바탕
으로 새로운 〈무한도전〉의 출연자 캐스팅 및 1회 구성안을 작성하시오.

삼 학년 에세이 수업 문제는 이거.

'나에게 쓰는 편지'를 독자가 읽는 에세이 형식으로 작성하시오.

학생들에게는 미리 시험문제를 가르쳐주었고 시험은 오픈북으
로 진행했다. 시험지를 미리 나눠주고 집에서 써와도 된다고 했
다. 예전에는 허를 찌르는 문제를 궁리하며 어떻게 하면 학생들

이 놀랄까를 고민했다면 이제는 학생들이 시간을 들여서라도 스스로에게 만족스러운 시험을 치를 수 있기를 바란다. 학생들이 납득할 만한 시간을 주어야 시험 및 수업 성취도도 높을 것 같아서 이번 학기에는 더 여유 있게 학사일정을 진행했다.

나도 많이 변했다. 몇 년 전에 처음 강의를 시작했을 때는 방송계는 차갑고 모진 곳이니 내가 먼저 학생들에게 채찍을 휘둘러야 한다고 생각했다. 마치 영화 〈위플래쉬〉의 음악 선생님처럼 이것도 버텨내지 못하면 험난한 방송계에서 버틸 수 있겠어? 이러면서 과제 폭탄, 발표 폭탄을 날렸고 시험문제도 어렵게 냈다. 결과적으로 그 학기 중에 가장 많은 방송작가를 배출했으니 효과는 있었을지 몰라도, 학생들은 내 수업을 힘들어했다.

그때는 철저히 관리자의 시선으로 학생들을 대했다. 나는 학생들을 평가하는 사람이라 믿었다. 하지만 학생들과 더 긴 시간을 보내다 보니, 학생들은 평가받을 대상이 아니라 사랑받을 대상이라는 것을 깨달았다. 세상은 험난한 곳이니, 학교에서만큼은 더 많이 사랑받고 인정받아야 한다. 사람을 일으키는 건 충고나 평가나 채찍질이 아니다.

그래서 그 이후에는 학생들을 한 번 더 쳐다보고 안부를 묻고, 내 이야기를 하기보다 학생들 이야기를 더 많이 듣는 수업을 진행했다. 그러는 사이에 점점 학생들에게 정이 들었다.

지켜볼 것도 딱히 없는데 학생들이 답안지 메꿔나가는 것을 지켜보면서, 우리가 보낸 한 학기를 되돌아봤다. 이번 학기는 나에게 있어 유난히 의미 있는 학기였다. 모든 것이 도전이었지만 배운 것도 많았다.

사 학년은 이번 학기를 마지막으로 졸업을 한다. 언젠가 우리가 사회에서 만날 수 있을까? 그들은 원하는 진로를 선택할 수 있을까? 삼 학년은 일 년을 학교에서 더 보내야겠지. 누군가는 휴학을 하고 누군가는 진로에 대해 고민하고 누군가는 그저 학교를 오가는 일만으로도 벅찰지 모른다.

오늘 시험이 끝나면 사 학년 학생들과 뒤풀이를 할 것이다. 마지막으로 취하고 망가지고, 맘 깊숙이 숨겨놓은 이야기도 하게 될 거다. 아니면 그 모든 걸 장난이나 농담으로 퉁치고 내일 다시 볼 사람들처럼 헤어질지도 모른다. 다 괜찮다. 한 학기 동안 우리의 협업은 성공적이었다는 걸 안다. 나도 학생들도, 수고가 많았다.

앤드루 포터 | 21세기북스

좋은 책을 읽으면 학생들 생각이 난다. 이 소설을 읽고도 학생들에게 권해주고 싶었다. 각기 다른 이야기가 펼쳐지는 소설집임에도 관통하는 하나의 분위기가 느껴진다. 안개가 뿌옇게 끼어 있는 새벽, 혹은 자정 너머 불빛이 희미하게 비치는 거리를 걷는 느낌? 그 이미지는 책 표지에도 잘 담겨 있다.

육체적 관계 없이도 한없이 관능적인 감정 교류를 경험하는 교수와 학생의 이야기, 엄마의 오랜 친구였던 아줌마가 알고 보니 엄마의 비밀 연인이었다는 걸 알게 된 아들의 이야기, 알 수 없는 구멍에 빠져 목숨을 잃은 형을 둔 동생의 이야기 등 각기 다른 인물을 주인공으로 한 단편이 이어지는데, 흥미로운 점은 모든 인물들의 심정에 공감이 간다는 거다. 이 사람은 이래서 이런 거구나, 아, 이 마음 내가 알아… 이러면서 절절한 심정이 된다. 긴말 없이도 서로를 이해하는 소울메이트를 만난 느낌. 그래서 모든 이야기가 주옥같고, 그만큼 깊게 몰입된다.

가끔 생각날 때마다 처음부터 다시 읽어본다. 그럴 때마다 공감을 주는 작품이 달라져서, 새로운 책을 읽는 것 같다.

055

삼 학년 학생들과 뒤풀이를 하러 학교 근처로 갔다. 진짜 마지막 뒤풀이다.

대학교 근처 술집은 특유의 분위기가 있다. 허름하고, 저렴하고 양은 많은데 퀄리티는 늘 예상을 밑돈다. 시끄럽게 떠들어도 뭐라 하는 사람이 없고 화장실은 늘 한쪽 칸이 고장 나 있거나 문이 안 닫힌다. 이십 년 전에는 이런 술집에서 자주 술이 떡이 됐는데, 요즘에는 가끔 가더라도 그 자리에 못 섞이고 붕붕 뜬다. 하지만 오늘은 마셔야지. 나는 알아서 마신다! 이러면서 술 한 병을 앞에 갖다놓고 혼자 부어가며 마셨다. 나처럼 실컷 마신 학생이 한 명 더 있었는데 그는 술자리가 시작되자마자 취하더니 자리를 옮겨가며 학생들에게 뽀뽀를 하고 다녔다. 나도 모르게 순서를 기다리는 느낌으로 앉아 있었는데, 아니나 다를까 다가오더니 교수님 알러뷰! 하면서 엄청 뽀뽀를 했다. 어떤 반응을 해야 할지 몰라 웃고만 있었더니, 그 학생은 "귀여워! 귀여워!"

이러면서 뽀뽀를 더 많이 해줬다.

학생들은 저마다 취하고, 웃고, 한참 떠들다가 또 울고… 그 모습을 보던 나도 취하고 웃고 떠들다 울었다. 아, 정말 이렇게 한 학기가 마무리되는구나. 묘하게 안심이 되던 술자리였다.

로드 주드킨스 | 위즈덤하우스

맨 처음 이 책을 읽고 '한 학기 동안 이 책을 교재로 수업을 해볼까?'라는 생각을 했다. 영국의 아트스쿨 센트럴 세인트 마틴 대학에서 십 년째 창의적 사고에 대한 수업을 하고 있는 교수가 남다른 창의성을 위해 필요한 자세들을 소개하는 책이다.

백 개를 만들어놓고 그중에서 다섯 개를 건지는 것이 아이디어다. 때로는 목표가 없는 게 나을 때도 있다. 믿을 만한 지식일수록 믿지 말라. 등 나 역시 참고할 내용이 많았다. 책 중간 중간에는 독특한 창의성을 가진 인물들의 이야기가 다양하게 소개되는데 예술가 살바도르 달리Salvador Dali가 츄파춥스 로고를 디자인했다는 사실을 이 책을 통해 알았다.

다만 남다른 제안들로 시작한 글이 대부분 빤한 결말로 끝나는 점, 묘하게 자기계발서 톤으로 뽑힌 목차들도 책의 매력을 반감시키는 것 같아서 아쉬웠다.

그럼에도 불구하고 전체적으로 흥미진진하게 읽었다. 창의력은 근육과 같아서 쓰면 쓸수록 단련되고 강해진다는 문장도 기억에 남는다. 소수의 사람들에게 날 때부터 주어진 것이라 여겼던 창의력이 쓰면 쓸수록 단련된다니, 나같이 평범한 사람에게 들려주는 희망적인 조언 같아 마음이 울렁거렸다.

와 죽겠다. 이렇게 숙취에 시달리는 거 오랜만이다. 분명 맨 정신에 집에 왔는데, 집에 오자마자 밤새 토하고, 어떻게 잠들었는지 모르겠는데 눈뜨니 아침이다. 아침 열 시에는 PT가 예약되어 있었고, 점심때는 전주에서 올라온 민반장을 만나기로 했는데 도저히 할 수 있을 것 같지가 않아서 줄줄이 취소하고 하루 종일 침대에 누워 있었다.

격한 숙취에 시달리고 있다고 카톡을 했더니 엄챙이 말했다. "뭐라도 먹어야 돼! (밥을 못 먹겠는데? 토할 것 같은데?) 아냐! 토할 것 같아도 좀 먹어야 돼. 해장을 해야 돼! (뭘 먹어야 되냐, 근데?) 집에 누룽지 그거 있잖아! 그거 팔팔 끓여가지고 반찬 없이 먹어! (김치도 먹지 말고 그냥?) 어! 김치는 안 돼! 위에 자극이 되니까! (지금은 뭘 먹어도 토할 것 같은데) 아니야! 먹어야 돼! 도저히 못 먹겠으면 밥은 놔두고 숭늉이라도 먹어! (생각만 해도 속이 니글거리네) 니글거려도 먹어야 돼! 먹어야 나아!" 이러면서 열

띤 누룽지 예찬론을 펼쳤다.

엄챙 말대로 누룽지를 끓여 먹고 쉬고 있으니 서서히 숙취가 나았다.

저녁에는 어제 나에게 뽀뽀를 퍼부은 학생에게 죄송하다는 메시지가 왔다.

이케타니 도시로 | 아우름

순환기 내과 전문의가 일상에서 흔히 경험할 수 있는 신체적 증
상에 대한 대응책을 제시하는 책. 눈에서 발까지 부위별로 생기
는 팔십여 개의 증상을 소개하고, 스스로 시도해볼 일과 병원에
가봐야 할 상황을 구분해 알려준다. 아기 있는 집에 꼭 한 권씩
있는 《삐뽀삐뽀119 소아과》의 온 가족 버전쯤 되겠다.

기립성 저혈압을 방지하기 위해서는 수분 보충이 필요하다는
것, 흰머리가 갑자기 늘었다면 갑상선 기능 이상, 빈혈, 위장 질
환이 의심될 수도 있다는 것 등 평소 건강염려증이 있는 나 같은
사람에게 요긴할 정보가 가득하다. 술 마시기 전에 우유를 마시
는 게 숙취 예방에 도움이 된다는 부분을 읽고, 다음부터는 그래
볼까 생각했지만 상상만으로도 속이 울렁거려서 혼났다.

숙취를 피하기 위해서는 새벽까지 이어지는 술자리를 피할 것,
식사나 안주를 곁들여 천천히 술을 마실 것 등 당연한 말들도 쓰
여 있었다. 이걸 지킬 수 있는 사람이라면 애초부터 숙취로 고생
할 리가 없겠지요. 아마 이 책을 쓴 사람도 그것만은 지키기 힘
들 것이다.

부모님 댁에 크리스마스카드가 도착했나 보다. 아
빠는 답장 대신 광화문에서 열리는 서울 크리스마스 페스티벌
영상을 보내주셨다. 엄청 예뻤다. 올해가 가기 전에 꼭 가봐야
지. 고맙다고 문자를 보내니 아빠한테 답장이 왔다.

카드잘받았다건강하자 ·

잠시 후 엄마한테도 답장이 왔다.

너도 건강히 너 하는 일에 보람과 행복 가운데 열심히 살기를~~~
보낸 카드는 너의 온정을 느낄 수 있어서 고마웠다. 팥죽 해다줄까?

팥죽은 안 먹을 것 같다고 답장을 보냈다.
그랬더니 엄마한테 또 문자가 왔다.

귀리는? 귀리 먹어라 몸에 좋다 인터넷에 찾아봐라 귀리 효능이 얼마나 좋은지

갑자기 분위기 귀리.

엄마는 요새 모든 문자의 마무리를 귀리로 하는 경향이 있다. 무슨 TV 프로그램을 보신 걸까.

바스티앙 비베스 | 미메시스

《염소의 맛》,《폴리나》 등을 쓴 프랑스의 만화가 바스티앙 비베스Bastien Vivès가 자신의 블로그에 올린 만화들을 책으로 엮었다. 책을 보자마자 만화책이 이렇게 두껍다니, 하고 놀라게 되는데 원래는 세 권이었던 것을 하나로 묶어 출판한 것이라고 한다.

엄마에게 아빠 몰래 바람 피워본 적 있냐고 물어봤다가 알고 싶지 않은 진실까지 알게 된 딸의 이야기, 임신한 여자친구와 그 소식을 기뻐하는 남자친구가 미리부터 아기 이름을 짓고 그 이름에 '귀여운', '너무나도 귀여운'이라는 수식어를 붙이며 상상의 나래를 펼치지만 결국 그 아이가 안 귀여우면 어떡하냐는 결론을 내고 침울해지는 이야기(으하하)…, 여자친구의 전 남자친구들 안부를 묻다가 본전도 못 찾는 남자 이야기 등 독특하고 유머러스한 데다 반전까지 돋보여 읽는 동안 여러 번 웃었다. 대충 그린 것 같은 그림도 오히려 편안하게 다가왔다.

아무리 사랑하는 연인이어도, 가족이거나 친구여도 각자에게는 각자의 세계가 있다고 말하는 듯한 이야기들. 바스티앙 비베스가 아니면 못 그렸을 것 같은 만화다.

내내 운동을 못 하다가 이 주 만에 PT를 받고 왔다. 운동을 시작하기 전에 체중계에 올라가 봤는데, 못 온 이 주 동안 정확히 2킬로그램이 쪘다. 인생 최고 몸무게다. 왜 요샌 재기만 하면 인생 최고 몸무게인가. 운동을 안 하는 것도 아닌데 왜 살은 계속 찌는가. 정답은? 많이 먹기 때문에. 딩동댕.

폼롤러 위에서 몸을 풀다 보니 저절로 으억 으억, 소리가 났다. 이미 뭉칠 대로 뭉친 몸을 느끼며 '오늘 운동할 수 있을까?' 싶었다. 그래서 오늘은 근육 운동을 하는 대신 한 시간 내내 스트레칭만 하기로 PT쌤과 합의를 봤다. 스트레칭만 하는데도 온몸이 찢어질 것 같았다. 하지만 운동을 마치고 지옥의 얼굴을 하고 있는 나에게 쌤은 부드러운 목소리로 속삭였다. "러닝머신 하고 가셔야죠?" 그 말에 어색하게 웃으며 억지로 트레드밀 위로 올라갔다. 부드러운 목소리로 속삭이는 사람은 도저히 이길 수가 없다.

오십 분을 걷는 동안 〈맛있는 녀석들 – 로브스터 편〉을 봤다. 그걸 보고 있다 보니 비록 내가 로브스터는 못 사 먹더라도 회 정도는 사 먹을 수 있겠다 싶었다. 그 생각을 하면서 걷다 보니 걷는 게 조금 덜 힘들었다. 서둘러 운동을 마치고는 바로 가까운 횟집에 가서 연어 한 접시를 샀다. 광어도 살까? 잠깐 망설였지만 광어는 다음 기회에. 빠른 걸음으로 집으로 돌아와서 순식간에 해치웠다.

음식을 먹을 때마다 생각한다. 사고, 만드는 데는 삼십 분, 한 시간이 걸리는데 먹는 건 왜 십 분이 채 안 걸리는가. 내일 내 몸무게에는 연어 한 접시 분량의 숫자가 더해져 있겠지. 그래도 상관없다.

류은숙 | 코난북스

망가진 건강을 뒤늦게 깨닫고 살기 위해 아니, 맘 편하게 마시기 위해 운동을 택한 사람의 이야기. 인권 연구소의 연구활동가로서의 운동Movement을 해온 그가 자신을 위한 운동Exercise을 시작하며 스스로 강인해지는 삶에 대해 깨달아간다.

엉겁결에 퍼스널 트레이닝을 시작해 말도 안 되는 '빡셈'에 생사를 오가다가도 자기 몸에 맞는 스포츠 브라를 발견하는 기쁨을 느끼고, 장시간 운동을 쉬다 재개하면서 '나는 뭔가를 몸에 새긴 것'이라는 사실을 실감한다.

특히 인상적이었던 부분은 그렇게 열심히 운동하면서도 '나는 또 아플 수 있고, 분명히 늙어갈 것'이라며 자신의 몸과 건강을 정면으로 대면해나가는 모습이었다. 그렇다. 운동은 내 건강을 위함이기도 하지만 내 몸을 받아들이기 위한 과정이기도 하다.

시원시원하고 불끈불끈한 유머가 넘치는 운동 이야기를 따라가다 보면 나 역시 어느새 헬스장에서 땀을 흘리고 있는 것 같은 기분이 들지만, 현실은 방구석. 같은 생활 체육인으로서 소파에 누워 그의 진땀 나는 도전을 응원했다.

이직을 고려 중인 남자친구가 다른 직장에 미팅을 하고 왔다. 그런데 알고 보니 너무 급하게 사람을 찾는 자리였고, 월급은 지금 일자리의 사분의 일 수준이었다고. 하지만 최종 선택은 그가 하는 것이니 잠자코 이야기를 듣고만 있었다.

나에 비해 사회 경험이 적고, 한 직장에 오래 일해본 경험이 적은 사람이라서 충고나 조언을 하고 싶은 마음이 불쑥불쑥 올라온다. 그럴 때마다 '이건 내 인생이 아니니까' 하고 입을 다문다. 시간이 좀 지나면 스스로 좋은 방법을 찾아가는 모습이 보인다. 누군가를 온전히 믿고 기다려주는 일은 쉽지 않다. 자꾸 참견하고 싶어진다. 아닌 걸 뻔히 아는데 왜 자꾸 그런 선택을 하냐며 다그치고 싶어진다. 하지만 그런 태도는 관계에 도움이 된 적이 없다. 오히려 싸움과 갈등만 불러 모았다.

결국 남자친구는 일단 지금 직장에 머물며 더 나은 기회를 찾아보겠다고 했다. 내 충고나 조언 없이도 그는 현명한 선택을 한다. 나는 굳이 목소리를 높이지 않고도 해결되는 일들이 있다는 걸 알아간다.

59 ＿＿＿우리는 누구나 정말로 어찌할 바를 모르고 있다

캐런 조이 파울러 | 현대문학

'로즈메리'에게는 오빠가 하나, 언니가 하나 있다. 오빠는 사람이고, 언니는 믿기 어렵겠지만 침팬지다. 심리학자인 로즈의 아빠는 유인원 연구에 관한 가족 프로젝트를 위해 침팬지 '펀'을 집으로 데려오고, 둘의 발달 양상은 거대한 프로젝트가 되어 학계의 연구 대상이 된다. 펀과 로즈는 오 년 동안 함께 살며 누구보다 서로를 이해하는 자매가 된다. 하지만 어느 날 갑자기 펀은 먼 곳으로 보내지고, 로즈는 기나긴 상실감에 시달린다.

이 책은 그들의 이야기를 통해 동물 실험이 갖는 비윤리성을 파헤친다. 그로 인해 한 가족이 겪게 되는 불행을 이야기한다. 그리고 인간은 이 세상의 주인이 아니라는 것, 이 땅은 인간과 동물 그리고 다른 생물이 함께 살기 위해 만들어진 곳이라는 것을 깨닫게 한다.

작가의 또 다른 소설 《제인 오스틴 북 클럽》은 인기 있는 작품이었음에도 나로서는 집중하기 어려웠는데 이 책은 휘몰아치듯 읽었다. 특유의 상상력과 위트, 술술 읽히는 문장들이 매력적인, 정말로 어찌할 바를 모를 정도로 환상적인 소설이다.

———

오늘 상담사 선생님의 말.

"좋아하는 거랑 사랑하는 건 다르지요.
엄마는 자식을 사랑해서 자식을 위해 죽을 수도 있지만
정작 그 아일 좋아하지 않을 수도 있어요.
자식을 자기 기준대로 바꾸려 하고 더 나아지길
바라잖아요. 사랑하니까요.

그런데 좋아하는 건요. 그 사람이 어떤 모습을 보이건
아, 그렇구나, 이 사람한테 이런 면이 있구나… 하는 거예요.
나와는 다른 모습, 때로는 이해 안 가는 모습을
보이더라도 아, 이 사람은 이렇게 행동하는구나 하고
있는 그대로 인정하는 거지요.

———

이제는 누군가를 사랑하기보다 좋아해보세요.

그러면 나를 좋아하게 돼요.

남이 나예요.

내가 보는 남의 모습이 내가 보는 나의 모습이에요."

　　새벽부터 일어나 학생들 학점을 매겼다. 출석 점수부터 평소 태도 점수에 중간고사와 기말고사 점수를 매기다 보니 아, 이게 싫어서 학교가 싫었던 건데…를 또 한 번 느꼈다. 우리는 나름대로 즐거운 한 학기를 보냈는데, 이제 나는 선생이 되어서 학생들을 한 명 한 명 평가해야 하는 것이다. 실로 괴로운 시간이다.

수업 참여도가 좀 아쉬운 학생들은 있었지만 딱히 낮은 점수를 받아야 하는 학생은 없었다. 하지만 상대평가라서 누군가는 C학점을 받아야 점수 입력이 완료된다. 울며 겨자 먹기 식으로 한 반당 세 명의 학생에게 C학점을 줬다. 그러고 나니 일을 끝냈다는 후련함보다 미안함이 몰려온다. 나는 모든 학생들에게 더 좋은 학점을 주고 싶었지만 결국 학점을 받는 학생들 입장에서는 맘이 복잡하겠지. 낮은 학점을 받은 학생들은 기분이 더럽겠지. 나보고 재수 없다고 하겠지. 성적 정정 기간에 항의하는 문자를 보낼지도 모른다.

아, 매 학기마다 반복되는 이 과정이 싫다. 한 학기 동안의 학교 생활을 점수로밖에 증명할 수 없다니 말이 되는 얘긴가. 그렇다고 다른 방법은 또 뭐가 있나 생각해보면 없고. 갑갑하다.

미셸 오바마 | 웅진지식하우스

그동안 미셸 오바마Michelle Obama라는 사람이 궁금했다. 그에게
가장 많이 쓰이는 수식어는 '미국 최초의 흑인 퍼스트레이디'이
겠지만 단지 그 한 문장만으로는 부족한 사람 같았다. 그래서 그
의 책이 나왔다는 소식을 듣고는 반가운 마음에 읽었다. 그의 모
든 인생이 책 한 권에 담길 수는 없겠지만, 책 속 미셸 오바마는
응원하고 싶은 인생을 사는 사람이었다. 강직하고 끈기 있고, 열
정 넘치는 사람이었다. 그리고 누군가를 믿어주는 사람이었다.

평소 그에 관한 기사나 영상을 볼 때마다 사람들을 꼭 안아주는
모습이 자주 보였고, 그걸 볼 때마다 마음이 포근해져 여러 번
돌려 보곤 했다. 그런데 이 책을 읽다 보니 그의 단단한 허그가
곧 그라는 사람 같았다. 사람과 함께함으로써 힘을 얻는 사람.
외향적이고 정 많은 성격이 신기하게 다가왔다.

흠. 그리고 보니 나는 그동안 학생들을 안아준 적이 거의 없었
네. 손을 잡아준 적도 얼마 없는 것 같다. 학교를 그만둔다고 생
각하니 내가 일을 잘했는지 어땠는지보다 그런 게 마음에 남는
다. 나는 학생들에게 따뜻한 선생이었을까.

이다음에 학생들을 만나면 일단 손을 잡고 이야기하고 싶다. 원
한다면 꼬옥 안아주고 싶다. 미셸 오바마처럼 단단하게.

크리스마스이브. 저녁에 지예랑 수잔이 집에 놀러 왔다. 지예는 집에 들어오자마자 손바닥으로 이마를 쳤다. "언니, 언니 집에 올 때마다 텔레비전에서 저게 보여요. 현관에 들어올 때마다 〈맛있는 녀석들〉이 보여요!" 그 말에 "안 그래도 이백 회 특집 너네랑 보려고 시청 예약해놨어!" 했다. 수잔은 뒤늦은 생일 선물로 가습기를 줬다. 착한 놈.

우리는 치킨을 먹으며 〈맛있는 녀석들〉 이백 회 특집을 봤고 〈러브 액추얼리〉를 다시 봤다. 이 영화는 여러 번 봐도 볼 때마다 찡한 포인트가 새로 생긴다. 이번에 볼 때는 남편이 회사 직원과 바람이 난 걸 알게 된 아내의 이야기(엠마 톰슨이 연기한)에 지나치게 공감이 갔다. 지예랑 나는 "나쁜 놈 아니에요?", "쌍놈이지" 하고 욕하다가 또 다른 이야기에 코끝이 찡해졌다. 지예는 여러 번 "이렇게 모이니 좋네요", "행복하네요" 했다.

그러다 갑자기 졸음이 쏟아져서 거실에 애들을 두고 방에 들어가 잠들어버렸다. 눈을 떴을 때 애들은 외투를 입고 집에 갈 준비를 하고 있었다. 이제는 자정 넘어서까지 노는 것도 쉽지가 않네. 잠에 취한 눈으로 두 사람을 집에 보냈다.

미안. 조만간 또 놀자 애두라.

바느질 수다

마르잔 사트라피 | 휴머니스트

이란 출신의 작가가 들려주는 이란 여성들의 이야기. 눈동자가 강조된 흑백톤의 그림에 쉴 새 없이 이어지는 수다를 표현한 말풍선이 인상적인 만화다.

열 명이 넘는 여자들이 한자리에 모여서 차를 마시며 남편 욕, 친척 욕, 이웃 욕을 하거나 자신의 과거에 대해 털어놓는데, 여성의 인권 문제에 대해 할 말 많은 나라인 만큼 기구한 사연이 줄줄 이어진다. 얼굴도 모르는 쉰여섯 살 차이 나는 남자와 결혼을 한 이야기, 열여섯에 만난 남편과 칠 년을 떨어져 살며 기다렸지만 떨어져 있는 내내 남편이 바람을 피웠다는 이야기, 유부남과의 연애를 끊지 못하는 미혼 여성의 이야기….

그들의 수다를 따라가다 보니 나 역시 그 자리 구석에 앉아 있는 기분이었다. 속사포같이 이어지는 여성들의 이야기로 이란이라는 사회를 짐작해볼 수 있는 책. 그런 의미에서 만화가 아닌 인문학 서적 같기도 하다.

12월 25일. 청계천 서울 크리스마스 페스티벌에 다녀왔다. 광화문역에 내리자마자 이미 수많은 인파에 한 번 놀라고 출구를 빠져나가니 더 많은 사람들이 있어서 또 한 번 놀랐다. 휴일에 이런 외출을 하는 건 내 인생을 통틀어 극히 드문 일이었지만, 나름 특별한 경험이었다. 불빛 아래서 사진을 찍고, 사람들에 떠밀려 원치도 않은 방향으로 걷느라 어느새 롱패딩 안으로 겨터파크가 개장되었다는 것을 느꼈지만, 그래도 이럴 때 아니면 언제 여길 와보겠나 싶었다.

남자친구에게는 크리스마스 선물로 향수와 보디로션 세트, 목걸이를 선물받았다. 평소 선호하는 스타일은 아니었지만 나를 생각하고 열심히 고른 마음이 느껴졌다. 그리고 선물 고르는 안목이 눈에 띄게 성장했다는 것에 감동했다!

예전에 남자친구에게 받은 충격적인 선물은 파란색 팔찌였다. 일명 시크릿 쥬쥬 스타일이라고 해서 아이들 장난감용 팔찌라고 해도 믿을 만큼 조악한 퀄리티였다. 이걸 나에게 주려고 산 거야? 우리 조카 선물 아니야? 나 마흔 하나야…. 너무 경악해서 할 말을 잃었지만 그걸 고른 이유를 찬찬히 듣고 있다 보니 조금은 납득이 갔다.

– 우리가 공통으로 좋아하는 색이 파란색이잖아.

– 너한테 팔찌가 어울릴 것 같았어.

– 여기 하트 보여? (팔찌에는 엎친 데 덮친 격 아주 큰 파란색 하트가 달려 있었고) 이거 보고 매일 나 생각하라고.

하지만 나는 그 팔찌를 열심히 하고 다녔다. 팔찌를 하고 강연을 가고, 인터뷰를 하고, 독자와의 만남을 가졌다. 하지만 친한 친구들조차 당연히 조카한테 선물받은 팔찌라고 생각했다. 그런데 몇 개월이 지난 지금 이렇게 그럴듯한 선물을 사오다니. 역시 사람은 포기하지만 않으면 발전하는 것인가.

나는 그에게 겨울 패딩 점퍼랑 코코몽 한글 낱말 카드를 선물했다. 카드도 썼다. 그는 그 카드를 읽고 감동해서 눈물까지 그렁그렁했다. "울어! 울어도 돼!"라고 하니 "아냐… 참고 있는 건데…"라면서 어쩔 줄 몰라 했다.

그 순간이 크리스마스 선물 같았다.

빌 브라이슨 | 21세기북스

다른 것을 이해하고 받아들이는 데는 시간과 노력이 든다. 그러는 동안 어리둥절함이 이어질 수도 있다. 내가 틀린 건가? 내가 잘못한 건가? 빌 브라이슨Bill Bryson 역시 비슷한 생각을 한다.

이십 년 정도 이어진 영국 생활을 마치고 미국에 돌아왔을 때 그는 '오랜 혼수상태에서 깨어나는' 기분이었다고 한다. 자신은 분명 미국인이 맞는데, 사람들이 쓰는 말을 이해하지 못하고, 세금을 처리하는 법도, 철물점에서 나사 하나를 사는 것도 어렵다.

하지만 그의 책이 다 그렇듯 이 책 역시 첫 장을 열자마자 폭소가 터진다. 특히 자기 멋대로 머리를 자르는 이발사를 만난 에피소드에서는 껄껄대며 웃을 수밖에 없었다. 웃음 사이사이 미국의 느슨한 총기 규제, FBI와 CIA의 미덥지 못함, 미국인들의 태만한 에너지 절약 정신 등 비판 어린 발언도 이어진다.

《나를 부르는 숲》,《빌 브라이슨의 유럽 산책》,《빌 브라이슨의 영국 산책》과 함께 이 책 역시 나의 빌 브라이슨 최애 서적에 등록 완료되었다.

———

한때는 취향을 저격당하면 존재 자체를 부정당하는
기분이 들었다. 그래서 필요 이상으로 마음이 상했다.
그런데 지금 생각해보니 그럴 필요 있을까 싶다.
내 취향은 내 취향이기에 의미 있는 것인데.
다른 사람들이 굳이 내 취향까지 좋아할 필요는 없다.

———

취향을 인정받고 싶다는 욕망이 크면 클수록
스스로의 취향에 자신 없어진다.
그건 내 취향에게도 나에게도 미안한 일이다.

063

결산 2018

〈올 한 해 잘한 일〉

1. 이사한 것

2. 심리 상담을 받기 시작한 것

3. PT를 받기 시작한 것

4. 열 번째 책을 무사히 낸 것

5. 각종 강연과 행사, 학교 수업, 에세이 수업 등을 무난히 마친 것

6. 남자친구와의 롱디를 잘 버틴 것 (헤어질 뻔한 고비를 여러 번 넘김)

7. 몇 년간 연락 없이 지냈던 종우에게 편지를 보낸 것

8. 육 개월 동안 절교 상태로 지내던 엄챙과 화해한 것

9. 친구들, 가족들에게 크리스마스카드를 보낸 것

10. 월간 김신회를 꾸준히 한 것

11. 지예와 암스테르담, 파리 여행을 다녀온 일, 그 이후에도 지
    예와의 우정을 더욱 공고히 한 것

12. 살이 많이 쪘으나 절망하지 않은 것

13. 언니와 단둘이 후쿠오카 여행을 다녀온 것

〈올 한 해 아쉬웠던 일〉

1. 엄챙과 절교한 것

2. 남자친구와의 관계에서 나만 고생하고 있다고 생각했던 것

3. 돈에 인색하게 군 것

4. 그러면서도 돈을 모으지 못한 것

5. 휴대폰이 초기화된 것

6. 운동 횟수가 줄어든 것

7. 밤에 하는 폭식이 습관이 된 것

올해는 전체적으로 퀄리티가 떨어지는 해 같았는데 적어놓고 보니 아쉬웠던 일보다 좋았던 일이 더 많다니 신기하다. 나는 더디지만 발전하고 있고, 아쉬움도 다룰 수 있는 여유를 확보해가는 걸까.

이럴 때 상담을 받기 잘했다는 실감이 든다. 스스로에게 부정적인 평가보다 긍정적인 칭찬과 인정을 더 많이 하고 있다는 걸 느낀다.

그리고 이럴 때 나이 드는 게 좋은 것 같다. 종종거리고 안달복달하는 마음이 조금씩 누그러지는 느낌이 드니까.

손으로 글 쓰는 일은 마음을 겸허하고 차분하게 만든다. 그만큼 더 정성을 들이게 되고 또 한 번 생각하게 한다.

그런 의미에서 더욱 특별한 책이 있다. 책 전체를 손으로 직접 쓰고 그린 책이니 말이다. 자신의 발리 여행을 둘러싼 모든 기록을 손으로 남기기로 한 작가는 여행을 계획하는 과정부터 발리에서의 경험을 철저히 손그림과 손글씨로 기록한다.

한 장 한 장 넘기다 보면 마치 친한 친구가 쓴 여행 일기를 엿보는 것 같다. 그가 느낀 감정들도 생생히 다가온다. 화낼 때 몹시 화내고, 슬플 땐 엄청 다운되고, 기쁠 때는 그야말로 미친 사람처럼 기뻐하는 그의 글 역시 매력이 빵빵 터진다.

기껏 여행까지 가서 사고 싶은 물건 앞에서 여러 번 계산하고 흥정하고 점원과 기싸움까지 하고 나서는, 왠지 모를 억울함과 속상함에 길바닥에서 엉엉 우는 대목에서는 나까지 울어버렸다. 생생한 글과 그림에 폭발할 듯한 감정! 그 모든 것이 담겨 있는 매력 만점의 책이라고 이야기할 수밖에! (이 책을 읽으면 이렇게 말하고 싶어진다)

또 다른 그의 책 교토 여행의 내 손 버전 《내 손으로 교토》, 우리나라를 자분자분 걷고 쓴 《이다의 작게 걷기》도 같이 읽으면 좋다.

오늘은 학생들의 성적 열람이 시작된 날. 집으로 가는 길에 한 학생의 문자를 받았다. 왜 이런 점수를 받게 되었는지 납득이 안 가는 눈치였다. 안 그래도 좋지 않은 점수를 줄 수밖에 없어서 안타까웠던 학생이라 답장을 보내는 데도 마음이 편치 않았다. 망할 놈의 상대평가. 누군가를 점수로 평가하는 일은 당분간 피하고 싶다는 생각을 다시 한번 했다.

김현지 | 달

주중에는 도시에서 일을 하고, 주말에는 제주에 간다. 그 단순한
패턴을 일상으로 만든 사람이 있다. 아무리 가도 계속 좋기만 한
제주의 다양한 장소와 풍경, 사람들이 가득한 이 책을 읽으면,
그가 얼마나 많은 시간을 제주에서 보냈는지를 짐작할 수 있다.
그렇게 제주가 좋을까 싶다가도 글을 읽다 보면 그 마음이 이해
가 간다.

그의 글은 몇 년 전《청춘이라는 여행》이라는 책을 통해 처음 읽
게 되었는데, 과장되지 않은, 군더더기 없는, 담담하고 깨끗한
글이라는 인상을 받았다. 이 책도 마찬가지다. 흔히 여행자로서
가질 만한 과잉 감성, 폭발하는 감정 같은 게 없다. 나는 그저 제
주가 좋고, 거기에서의 시간을 가만히 즐긴다, 고 말하는 듯한
글. 읽다 보면 나 역시 제주 어느 곳에서 해 지는 걸 멍하니 바라
보고 있는 느낌이다. 그의 글이 제주 같고 이 책이 곧 제주 같다.
그는 제주에서는 '그 모든 것들이 나에게 웃어주는 것 같았다'고
했다. 나는 아직 그런 여행, 해본 적 없는데. 언젠가는 할 수 있
을까?

이번 성적에 실망한 그 학생이 방학 동안 나 대신 그런 여행을
하면 좋겠다.

065

얼마 전에 상담사 선생님이 제안해주신 남자친구
에게 '책 소개하기'를 시도했다. 남자친구는 내 이야기를 집중
해서 들었고, 나 역시 중간에 포기하지 않고 끝까지 설명하려
고 했다. 언어에 대한 고민도 이야기했다. 그는 내 고민에 공감
하면서 자기 역시 한국어 공부에 더 긴 시간을 할애하겠다고 했
다. 앞으로는 더 적극적으로 소통하고, 서로의 감정을 들여다보
기로 했다.

우리의 시도가 얼마나 오래 갈지는 몰라도 일단은 고무적이다.
관계에는 노력과 적극성이 필요한 것임을 다시 한번 깨닫는다.
오늘 상담 시간에 그 얘기를 하니 선생님은 반가워하시며 이렇
게 물었다. "남자친구와 그런 이야기를 나누고 어떤 기분이 들
었나요?" 나는 대답했다.

"저는 그동안 남자를 만나도 짧게만 만나고, 그 관계를 진지하
게 여긴 적이 별로 없는 것 같아요. 긴 연애를 해본 적도 없고요.

216

그래서인지 이번 남자친구를 만날 때 제가 관계에서 생기는 어려움이나 고민 같은 걸 대처하는 능력이 현저히 떨어진다는 것을 깨달았어요. 저는 관계에 환상을 갖고 있었어요. 감정에 희로애락이 있는 것처럼 관계도 그럴 텐데, 저는 관계에 '희'만 있어야 한다고 생각했었던 같아요. 기쁨. 행복 그런 것만 있는, 좋기만 한 관계요. 그래서 그런 관계가 아닌 것 같으면 금세 골치 아파하면서 이건 아니다, 하고 혼자 마음을 접거나 도망쳤고요. 그런데 조금씩 제 마음을 털어놓고, 문제를 해결하려는 노력을 하면서 '아, 내가 관계에서 생기는 어려움을 해결해가는 연습을 하고 있구나'를 깨닫게 됐어요."

"그랬군요."

"어제는 결혼한 친구를 만나서 물어봤어요. 너는 지금 남편이랑 살면서 정 떨어질 때 없었냐고요. 그랬더니 친구가 당연히 있지! 하면서 웃더라고요. 그런데 그동안 친구한테는 그런 거 없어 보였거든요. 있어도 별일 아닌 것 같았거든요. 그런 모습을 보면서 단순하게 '아, 다 인연을 만나서 그런 거지'라고 생각했어요. 그렇게 서로 골치 아프지 않게 하는 사람이 따로 있는 거라고 믿었어요. 그런데 요즘 들어서 다른 생각이 드는 거예요. 친구도 쉽지 않았겠지. 연애를 할 때도, 결혼을 하고도 마찬가지였겠지. 그래서 친구한테 말했어요. '내가 관계를 잘 모르는 것 같아. 그래서 지금부터 좀 해보려고.' 친구는 그 말을 듣고 가만히 고개를 끄덕이더라고요."

선생님은 말씀하셨다.

"신회 씨가 아까도 이야기했지만, 남자친구에게 자신의 이야기를 하려고 하는 것. 어렵지만 자신의 감정을 전달하려고 하는 것. 그리고 관계에 대해 새로운 생각을 하게 된 것… 저는 그게 긍정적인 신호라고 봐요. 이제는 신회 씨가 피상적인 관계를 떠나 관계에서의 깊이를 생각하게 된 게 아닌가 싶고요. 조금 낯설어도 연습이라고 생각하고, 관계를 진지하게 대하는 모습이 저로서는 그래 보이네요." 그리고 다시 물어보셨다. "이런 생각을 하고 또 이야기를 나누니 마음이 어떤가요?"

예전 같으면 내가 그동안 미숙한 관계를 해왔다는 사실에 집중해서 후회하고 자책하고 속상해할 것 같다고 대답했다. 하지만 이제는 그렇지 않다고 말했다. 나도 모르게 이런 소리까지 했다. "선생님! 저는 연애고자인가 봐요! 연애가 어렵네요! 하지만 좀 해볼게요!" 선생님은 '연애고자'라는 고백에 엄청 크게 웃으셨다. 왜 그렇게 크게 웃으시죠 선생님…?

나는 아직 관계가 뭔지 잘 모른다. 하지만 지금 내 옆에 있는 사람과 조금씩 배워나가고 싶다. 실수도 하고 싸우기도 하고, 속상한 일도 있겠지만 지금 이 관계를 포기하고 싶지는 않다.

상담을 마치고 오랜만에 편안한 얼굴로 집에 돌아왔다.

마종기, 루시드폴 | 웅진지식하우스

상담은 상담자와 내담자의 일대일 만남이다. 개인적인 만남은
아니지만 개인적인, 공적인 만남이지만 차갑고 딱딱하지 않은
만남(나의 경우에는 그랬다). 적당한 거리를 두고 마음을 털어놓
고, 서로를 신뢰하는 일. 말로는 어렵고 불가능해 보이는 그 일
을 상담사 선생님과 나는 몇 개월째 함께하고 있다.

그 관계를 떠올리다 보니 이 책 생각이 났다. 미국에 사는 마종
기 시인과 스위스에 사는 뮤지션 루시드폴이 일 년 반 동안 주고
받은 편지를 담은 책이다. 그들 사이에는 먼 거리만큼이나 긴 세
월이 놓여 있다. 하지만 삼십육 년 먼저 태어난 마종기 시인은
루시드폴에게 조심스럽게 다가가고, 그의 말과 생각을 존중한
다. 삼십육 년 뒤에 태어난 루시드폴은 기대는 듯, 하지만 칭얼
대지 않으며 자신의 이야기와 감정들을 풀어낸다. 편지를 주고
받는 동안 두 사람은 서로가 서로에게 좋은 상담자이자 내담자
였겠다 싶다.

적당한 거리가 관계를 건강하게 만든다는 걸 알면서도 그 '적당'
이 얼마만큼을 뜻하는지 잘 모르겠다. 하지만 이 책을 읽으면 그
거리가 눈으로 보이는 것 같다. 읽는 내내 두 사람이 나누는 대
화가 부러웠다. 시간을 들여 읽고 싶었지만 나도 모르게 금세 읽
어버린 책이다.

———

하루 종일 책을 읽다 보면
나 역시 무언가를 쓰고 싶다는 마음이 솟구쳐
얼른 일어나 책상 앞에 앉게 된다.
하지만 정작 한글 창을 띄우고 나면 딱히 쓸 말이 없다.
독서는 글쓰기에 동기부여가 되지만
동기를 부여받은 것만으로 글이 써지지는 않는다.
책을 덜 읽어야 하나?

———

일요일 아침마다 교회에 가기 싫다는 생각을 하지만, 자꾸 그런 식이면 아예 교회에 발길을 끊을 것 같아 그러지 말자고 다짐하고 집을 나선다. 교회에 도착해 기도를 하고 찬양을 하고, 말씀을 들으면서 역시 오길 잘했다고 느낀다.

하지만 교회를 빠져나가자마자 세속적으로 산다. 나쁜 생각, 이상한 상상만 잔뜩 하면서 성경과는 먼 삶을 산다. 그리고 다음 주 일요일이면 쪼르르 와서 다시 두 손을 모으고 눈물을 흘린다. 이 짓을 반복한 게 어느덧 십 년이다. 그런데 도무지 질리지도 않는다. 이러는 내가 나한테 질릴 뿐.

매일 성경 말씀을 읽고, 그 말씀을 생각하고 실천하며 살기 위한 QT. 하나님과 조용히 교제하는 시간Quiet Time이라는 뜻이다. 기독교인들에게는 익숙한 용어지만 모르는 사람도, 반감을 갖고 있는 사람들도 많을 거라고 생각한다. 나도 그랬으니까.

나로 말할 것 같으면 지독한 무신론자였고, 하나님 따윈 성경 따윈 없는 거라고 믿고 살았다. 나약한 사람들이나 신에게 의지하는 법이라고. 강하게 마음먹고 노력하면 안 되는 일 따윈 없다고. 하지만 십여 년 전에 제 발로 교회에 찾아가 예배를 드리게 되었고, 이제는 매일 성경을 읽고 기도를 한다. 그러면서 내 안에 가득 차 있는 악함과 연약함을 하루에도 몇 번씩 실감한다. 그럼에도 불구하고 나 자신을 크리스천이라 믿고, 또 이야기하는 것은 성경을 읽을 때마다 나를 강하게 흔드는 말씀들이 있기 때문이다. 그래서 매일 성경을 읽는다. 부족한 걸 잘 알지만 포기하지는 않는다는 마음으로.

너희가 내 안에 거하고 내 말이 너희 안에 거하면 무엇이든지 원하는 대로 구하라 그리하면 이루리라 – 요한복음 15:7

연말을 맞이해 안삼과 엄챙을 만나기로 했는데, 날이 너무 추워서 우리 집에서 모이기로 했다. 단, 음식을 만들기는 싫으니 삼시 세끼 배달 음식에 도전! 하기로. 그래도 아침부터 기름진 음식을 먹고 소화 안 되는 배를 두드리며 하루 종일 같이 모여 있기는 그래서 순두부 누룽지를 끓였다. 순두부 누룽지는 부드러운 아침을 먹고 싶을 때, 속이 좀 불편할 때 가끔 해 먹는다. 친구들에게 해줘도 반응이 좋다.

그렇게 순두부 누룽지를 시작으로 온갖 음식을 같이 먹으면서 새벽 한 시까지 MBC 〈연예대상〉을 봤다. 이런 건 씹으며 봐야 한다면서 편의점에 가서 오징어를 잔뜩 사왔는데, 시상식이 시작되자마자 다 먹어버렸다. 시상식을 다 보고 우리 세 사람은 지쳐서 잠들었다.

심각하고 예민하고 남다른 세 사람이 함께한 한 해가 이렇게 마무리됐다.

마스다 미리 | 이봄

마스다 미리益田ミリ의 글을 읽다 보면 마음속이 몽글몽글해진다. 그 느낌을 뭐라고 표현하면 좋을까. 여행을 가기 위해 공항으로 향하는 기분? 음… 그건 좀 큰 것 같다. 비싸서 엄두가 안 났던 백화점 음식을 마감 시간 맞춰 가서 득템한 기분? 아, 이 정도인 것 같다. 내 일상을 세게 흔들어 놓을 정도는 아니더라도 확실하게 행복감을 느끼게 만드는 것들을 만날 때의 기분.

이 책에 등장하는 에피소드들은 '마스다 미리식 행복 리스트'같다. 오롯이 쉬기 위해 '일정 없는 날'을 미리 일정에 넣어두고, 원고 작업을 위해 이틀간 긴자 호텔에서 짱 박히고, 내내 사고 싶었던 십사만 엔짜리 버버리 코트를 두근거리는 마음으로 사러 가는 이야기 등 따라 하고 싶은 일상이 하나 둘 펼쳐진다.

마스다 미리 작가는 자신에게 너그러운 사람이구나. 이런 사람이 보내는 하루는 부드럽고 느긋하겠지, 골치 아픈 일이 생겨도 툭툭 털고 일어나겠지…. 괜히 부러운 마음에 입맛을 쩝쩝 다시며 후루룩 읽었다.

　　한 해의 마지막 날인데, 아무 감정이 없다. 원래 연말이 이렇게 썰렁한 거였나? 해가 갈수록 연말연시에 대한 감흥이 없고 그저 복잡하고 길 막히고, 취한 사람들을 유난히 많이 보게 되는 시기 같다. 하지만 올해는 코엑스에서 새해 카운트다운을 한다고 해서 가보기로 했다. 새해 카운트다운을 위해 외출을 하는 건 태어나서 처음이다.

밤 열한 시 이십 분쯤 삼성역에 도착했다. 카운트다운 이벤트가 펼쳐진다는 동쪽 광장이 어딘지 몰랐는데, 역에 내리니 이미 많은 사람들이 그쪽을 향하고 있어서 그냥 따라가면 됐다. 역을 빠져나가니 이미 무대 위에서는 공연을 하고 있었다.

무대 중간으로는 갈 엄두도 못 내고 전광판이 보이는 길 구석에 자리 잡았다. 날씨는 적당히 춥고 시간은 천천히 가고, 결심하듯 밖에 나왔다는 사실이 뿌듯하게 느껴졌다. 그래, 이런 데도 와보고 그러는 거지. 바깥바람을 맞으며 새해를 맞이하는 것도 괜찮네. 카운트다운을 기다리면서 의미 없는 셀카도 찍고 했더니 기다리는 일이 그다지 지겹지 않았다.

그러다 노래하던 가수가 노래를 멈추고, 사회자가 무대 중앙으로 나왔다. 사람들이 술렁이는 걸 보니 곧 카운트다운이 시작되나 보다. 그리고 잠시 후, 커다란 전광판에 숫자가 띄워졌고 사람들은 흥분하기 시작했다. 이어서 모두가 그 숫자를 따라 세기 시작했다. … 십, 구, 팔, 칠, 육, 오, 사, 삼, 이, 일! 해피 뉴 이어!

전광판에서는 각종 불빛이 뿜어져 나왔고 사람들은 박수 치며 함성을 질렀다. 그리고 이어지는 불꽃놀이! 아이보리색 빛이 수없이 작은 별을 이루고, 붉은 폭죽이 팡팡 터지고, 불빛이 이리저리 움직이며 불빛 파도와 폭탄을 만들었다. 십 분 동안 계속되던 그 불꽃놀이는 태어나서 본 불꽃놀이 중 가장 화려하고 힘이 넘쳤다. 보는 내내 절로 혼잣말이 나왔다. 와! 우와! 엄청나네!!
오길 잘했다!!

파워풀한 불꽃놀이가 끝나고, 묘한 흥분을 안은 채 지하철역으
로 향했다. 그야말로 사람 떼에 밀려서 지하철을 타고, 서로 부
딪히고 밀고 난리를 치면서 겨우 환승역에 내렸다. 그럼에도 입
가에는 배시시 미소가 흘렀다. 이렇게 한 해가 마무리되는구나.
조금 피곤하지만 만족.

요시다 슈이치 | 재인

지방 소도시에서 회사원으로 일하는 '사유리'는 매일 이어지는 출퇴근 시간의 지루함을 벗어나기 위해 자기 동네를 포르투갈 리스본으로 치환해 상상하기 시작한다. 그의 상상 속에서 마루야마 신사는 제로니모스 수도원이 되고, 물가 공원은 코메르시우 광장이 된다.

일본의 작은 마을이 아닌 포르투갈 리스본에서 살고 있다고 생각하기 시작하니 매일 똑같은 하루하루가 새로운 색을 띠는 느낌이다. 그 이유 때문이었는지 그에게는 일상적이지 않은 일상이 펼쳐지기 시작한다.

소설은 이렇게 말하는 것 같다. 사람은 누구나 자신의 행복을 최우선으로 여기며 산다. 겉으로는 어리숙해 보여도 자신에게 가장 좋은 방법을 궁리하며 사는 게 인간이다. 그렇게 사는 누군가를 비난할 수는 없다. 왜냐하면 모두가 그렇게 살고 있기 때문이다. 대부분의 날들을 시니컬하게, 투덜대면서 사는 나이지만 가끔은 그러지 않는 날도 필요하다는 걸 안다. 그래서 일 년에 한두 번쯤은 마치 다른 곳에 사는 것처럼 들뜨고, 흥분하면서 낯선 것을 해본다. 그다음 날 바로 원래의 나로 돌아올지라도 그렇게 한번 해보는 것이다. 그 누구도 아닌 바로 나를 위해서.

069

새해 소원을 정했다.

1. 봄에 책 한 권을 내고, 또 다음 책 원고 작업에 착수하기
2. 엄챙, 안삼과 유럽 여행 가기
3. 남자친구와 (장소 관계없이) 두 번 여행하기
4. 영어 과외와 PT, 심리 상담 계속하기

해가 갈수록 새해 소원은 단출해지고 현실적이 된다. 소원이라
기보다는 다짐 혹은 구체적인 계획을 세우는 느낌. 행여나 이루
지 못할 게 싫어서인지 점점 더 현실적인 소원을 정하게 되는 걸
지도 모른다. 네 가지 모두 마음만 편하게 먹으면 이룰 수 있을
것 같다.

내일부터 본격적인 새해가 펼쳐지겠지만 내 일과는 비슷하겠지.
읽고 쓰고 보고 말하는 하루. 어디 한번 해보자.

69 _____ 내 인생 최고의 책

앤 후드 | 책세상

말하자면 '촉'같은 건데, 소설책은 제목과 표지만 봐도 재미있는 책인지 아닌지가 보인다. 이 책도 마찬가지였다. 제목과 표지 그림에 이끌려 골랐는데 이틀 내내 아무것도 못 하고 책만 읽었다. 중년의 교수인 '에이바'는 스스로의 일상이 마음에 들지 않는다. 남편은 다른 여자에게 떠났고 자식들 역시 뿔뿔이 흩어져 잘 지내고 있으리라고 추측만 하며 지낸다. 이 사정만으로도 머리가 아프지만 그에게는 불행한 유년 시절의 기억까지 있다. 여동생이 사고로 죽고, 그 이듬해 엄마마저 세상을 떠난 것. 하지만 어느 날 북클럽에 가입하게 되고, 인생에서 가장 소중한 책에 대해 떠올리며 일상을 회복하기 시작한다.

누군가가 좋아하는 책에 대한 이야기, 북클럽에 등장하는 다양한 고전 작품들을 살펴보는 재미가 있는 소설이다. 등장인물 한 명 한 명의 시선으로 이어지는 에피소드들도 흥미롭게 읽힌다. 이야기가 끝을 향해 갈수록 그동안 숨겨져 있던 비밀이 드러나면서 놀랄 만한 반전도 이어진다.

나의 새해는 어떤 한 해가 될까? 아무리 봐도 내 인생 최고의 해가 될 것 같지는 않으니, 적어도 내 인생 최고의 책들을 많이 만나는 한 해가 되었으면 좋겠다. 쓰고 나니 그것도 쉽지 않겠네. 그저, 감당이 될 탈만 가끔 생기는 해였으면.

070

낮에 부모님이랑 점심을 먹으러 집에 갔다. 그런데 가자마자 엄마는 미리 끓여놓은 떡국을 데우더니 얼른 먹으라고 하셨다. 나는 엄마 아빠랑 같이 점심을 먹으러 온 건데, 좀이따 같이 먹자고 여러 번 말했지만 엄마는 계속 일단 먼저 먹으라며 자꾸 떡국을 뒤적이셨다. 뭔가 분주해 보이는 것이 아무래도 볼일이 생기신 것 같았다.

부모님과 함께 점심을 먹으러 먼 길을 왔는데, 엄마는 나보고 혼자 밥을 먹으라고 하신다. 미리부터 날짜를 여쭤보고 오늘로 정해서 온 건데도. 같이 밥 먹으러 와서 나 혼자만 먹으면 무슨 의미가 있냐고 말을 해도, 엄마는 우선 먹고 있으라는 말씀을 되풀이하시곤 아빠와 서둘러 밖으로 나가셨다.

집에 혼자 남았다. 부모님을 보러 왔는데 혼자 집에 있다. 설거지통에 그득한 그릇을 설거지하고 소파에 앉았다. 배는 고팠지만 혼자 떡국을 먹기는 싫었다. 그러려고 온 게 아니니까. 왠지 울컥해서 남자친구에게 문자를 보냈다. 부모님과 밥을 먹으러 왔는데 부모님이 밖에 나가셨어. 기껏 왔는데 집에 나 혼자 있어. 그랬더니 그는 말했다. "그 김에 쉬어."

놀리는 건가, 아니면 다른 뜻이 있는 건가 싶어 다시 물어보니 그랬다. "부모님 곧 오실 때까지 잠시 쉬고 있어. 좋지 뭐."

아… 이렇게 생각할 수도 있나? 부모님은 금방 오실 거고, 곧 같이 밥을 먹을 테니 그때까지 잠시 쉬고 있으면 되는 건가? 그런데 왜 나는 엄마가 내 의견을 존중하지 않고, 엄마 맘대로만 한다고 생각한 걸까. 조금 기다리면 되는 건데 왜 바르르하면서 속상해했을까.

그의 한마디에 다른 생각이 드는구나. 그래서 말했다. "난, 가끔 너한테 배운다." 그런 이야기를 두런두런 하고 있으니 좀 전까지 마음속에 들어 있던 서운함이 조금씩 사라졌다. 나랑 다른 사람으로부터 하나를 배운다. 그러는 동안 내 마음에 대해서도 알아간다.

잠시 후 부모님이 도착하셨다. 점심으로는 엄마가 떡국을 해주셨는데 국물이 빨갰다.

"이게 뭐예요?"

"매운 떡국이야."

그런데 하나도 맵지 않았다. 엄마 아빠랑 좁은 식탁에 모여 앉아서 안 매운, 매운 떡국을 먹었다. 우리가 더 가까이 살면 이런 시간을 자주 보낼 수 있을 텐데… 잠깐 생각했지만 가끔 보아야 좋은 것도 있는 거라는 생각이 금세 그 자리를 채웠다.

집에 가는 길, 시간을 내서 밥 먹으러 오길 잘했다 싶었다. 비록 같이 점심을 못 먹을 뻔했지만 가길 잘했다 싶다. 친구 만나러 갈 거라고, 그래서 아무것도 들고 갈 수 없다고 했는데도 버스에서 열어본 가방 안에는 귤, 엄마가 끓인 대추차, 떡국 떡이 들어 있었다.

레이철 커스크 | 민음사

'바람직한 엄마의 상'은 정해져 있지 않지만, 정해져 있다. 엄마란 아이들을 위해 희생하고, 모성애가 넘치며, 무슨 일에든 활기차고 열심인 데다 감정에 휘둘리지 않는 사람쯤 되려나. 유구한 역사 속 자식들이 만들어놓은 그 '엄마 이상형' 때문에 엄마가 조금이라도 그렇지 않은 모습을 보일 때마다 자식들은 배신감을 느낀다. 엄마들 역시 죄책감을 느낀다.

영국 런던 근교에 있는 가상의 동네 알링턴 파크에도 그런 엄마들이 산다. 누구누구의 엄마나 부인으로만 불리는 그들이지만 마음속으로는 다른 생각을 품고 있다. 뭐든 남편에게 지는 것 같은 '줄리엣'은 늘 우등생이었던 과거를 곱씹고, 잘나가는 커리어 우먼이었던 '어맨다'는 엄마 역할에는 젬병인 자신의 모습이 난감하다. '메이지'는 아이를 볼 때마다 어린 시절 엄마에게 당한 폭력이 떠올라 육아가 부담스럽다. 이 책은 겉으로는 멀쩡해 보이지만 속으로는 자신과의 투쟁을 벌이는 여자들의 이야기다.

레이철 커스크Rachel Cusk는 누군가가 숨겨놓은 추악함과 비밀에 대해 이야기하는 작가다. 서정적이면서도 사색이 가득한 문장들, 그 안에 들어 있는 날카로운 성찰에도 감탄하게 된다. 그의 《브래드쇼 가족 변주곡》역시 푹 빠져서 읽었다.

071

     같은 동에 사는 누군가가 실내에서 계속 담배를 피운다. 자기 방에 냄새가 나는 건 싫은지 화장실에서 피우는 모양인데 그 탓에 우리 집 화장실까지 담배 냄새로 가득 찬다. 여름에도 종종 그러더니 날씨가 추워진 다음에는 하루에 두 번씩 꼬박꼬박 냄새가 난다. 그동안 관리 업체에도 항의하고, 동대표에게도 도움을 청했지만 딱히 해결된 건 없다.

엘리베이터 앞에 뭘 써서 붙여보라는 말도 들었고, 문 앞에 쪽지를 써놓으라는 얘기도 들었다. 동대표님이 매일 담배 연기가 나는 시간과 날짜를 적어두면 나중에 범인을 추궁하기 쉬울 거라고 해서 적고는 있는데, 두 달째 날짜만 차곡차곡 쌓인다. 내가 무슨 탐정도 아니고 이걸 왜 이렇게 적고 있어야 되는지 모르겠다.

담배 연기 때문에 피해를 보는 사람이 나인 건 맞지만 더 적극적으로 나서지 못하는 이유는 내가 혼자 살기 때문이다. 어쩌다 시비에 말려 못 볼 꼴을 당하는 건 아닌지. 담배 냄새보다 더 지독한 피해를 입게 되는 건 아닌지 염려가 된다.

혼자 사는 여자는 항의도 제대로 하지 못한다. 겁이 나서. 괜히 해코지당할까 봐. 조만간 수를 써야 할 텐데, 어떤 방법이 제일 좋을지 모르겠다.

양심 없는 인간 때문에 나만 늙는다.

서효인, 박혜진 | 난다

머리가 복잡해 책도 눈에 안 들어오는 날은 짤막한 원고들로 이
루어진 책을 읽는다. 그런 의미에서 이 책도 좋다. 시인이자 편
집자인 서효인과 평론가이자 편집자인 박혜진이 각자 책을 읽고
기록을 남겼다. 삼백육십여 권의 책에 대한 생각과 감상을 두 사
람이 번갈아가며 쓴 책이다.

어쩔 때는 서효인 시인의 글만 읽고, 어쩔 때는 박혜진 평론가의
글만 읽고, 어쩔 때는 두 사람의 글을 같이 읽었다. 글 시작에 있
는 책 제목을 건너뛰고 본문을 먼저 읽고는 무슨 책을 말하고 있
는 건지를 나중에 확인하기도 했다. 그렇게 내 마음대로 읽으니
더 즐겁게 읽혔다. 서효인 시인은 성격이 급해서 소설을 읽을 때
면 결말부터 확인한다는데, 생각도 못 해본 독서법에 신선함이
느껴졌다.

박혜진 평론가의 글은 명료하고 단단하다. 그라는 사람도 그의
글처럼 군더더기 없고 확실할 것 같다. 군더더기만으로 이루어
진 나 같은 사람은 결코 되지 못할 유형의 사람이라고나 할까.

독후감 책은 이 책 읽어봐야겠다, 를 다짐하기 위해서도 좋지만
내가 읽은 책을 다른 사람은 어떻게 읽었을까 살펴보는 재미도
있다. 두 사람과 나는 같은 책을 몇 권 읽었는데 감상은 달랐다.
역시 독서는 성향과 취향을 반영하는구나. 책을 말하는 책 중에
이 책이 제일 좋았다.

———

나의 호의가 누군가를 불편하게 한다면,
그걸 호의라고 말할 수 있을까.

———

　　　　낮에 집에서 책을 읽고 있는데 누군가가 초인종을 눌렀다. 인터폰 화면을 보니 언니였다. 어젯밤에 언니가 시간이 되면 집에 김치를 갖다준다고 했는데, 벌써 왔나 싶어 문을 열었더니 문 앞에 낯선 여성이 서 있었다. 언니랑 너무 비슷하게 생겼다.

잠옷 차림으로 서서 당황해하며 "저는 언닌 줄 알고…" 중얼거렸더니 그분은 신속히 자신의 종교에 대해 설명하기 시작했다. "종교에 관한 이야기라면 안 듣겠습니다…"라며 천천히 현관문을 닫았지만 그는 조금씩 닫히는 문틈 사이로 얼굴을 들이밀면서 자신의 주장을 속사포 랩으로 쏘아댔다. 문을 계속 닫으려 하는데도 그 사이로 전단지를 주고, 신문을 건네고, 설문조사에 응해 달라면서 너무 열심이었다.

아, 우리 언니를 똑 닮아가지고 왜 그러시는 거예요…. 추운 날씨에 마음이 안 좋았지만 죄송합니다, 하고 얼른 문을 닫았다.

세상에는 언니 닮은 사람이 너무 많아서 종종 곤란한 일이 생긴다. 정작 언니한테는 저녁이 되어서야 문자가 왔다.

택배함에 김치통 넣고 간다. 냄새 풍기지 말고 빨리 찾아가라.

이미 집을 떠난 자식들이 바람직한 이유로 집으로 돌아오는 경우는 별로 없는 것 같다. 지독한 셰익스피어 광인 아버지 때문에 셰익스피어 작품 속 주인공 이름을 얻게 된 '로절린드', '비앙카', '코델리아'. 세 자매는 유방암 투병 중인 어머니 때문에 집으로 돌아오지만 번번이 부딪힌다.

흥미로운 이야기만큼이나 세 자매의 캐릭터에 공감이 가는 소설이다. 짜인 것을 선호하고 효심이 강하지만 그만큼 피해의식도 깊은 첫째 로절린드, 어떤 경우에도 자신의 욕망을 포기하거나 피하는 법이 없는 둘째 비앙카, 철없고 책임감 없지만 늘 막내로서 살아남는 법을 아는 코델리아. 얼핏 들어도 부딪힐 수밖에 없을 것 같은 그들의 이야기에 자매가 있는 사람이라면 몰입할 거다. 그런데 왜 가족을 다루는 이야기는 늘 훈훈하게 끝날까. 그 점이 좀 아쉬웠다.

언니랑 내가 똑같이 재미있게 읽은 소설. 읽다 보니 그저 다르기만 했던 우리의 유년 시절이 떠올랐다. 그러면서 든 생각, 따지고 보면 세상의 모든 자매들은 다 '기이한 자매들' 아닐까?

밤에 지예가 집에 왔다 갔다. 요즘 새 TV 프로그램을 기획 중인 지예는 그야말로 심각하게 바빠서 딱 세 시간 동안만 만나서 부리나케 밀린 대화를 나눴다. 웃다가 속상해하고 같이 짜증도 내고 둘 다 감정적으로 안정감이 없었다.

지예는 퇴근길에 와서 새벽에 돌아가는 패턴으로 종종 놀러 오는데, 그때마다 바로 현관문 앞에서 배웅하곤 했다. 지예도 나오지 말라고 하고, 나도 굳이 밑에까지 나갈 필요가 있을까 싶어서 간편하게 문 앞에서 손을 흔들었다.

그런데 며칠 전부터 나의 그런, 사람을 보내는 방식이 마음에 안 들기 시작했다. 나 보러 집까지 찾아온 사람을 문 앞에서 보내고 문을 착 닫아버리는 그 방식. 입장을 바꿔놓고 보면 서운할 수도 있는 일인데 귀찮다는 이유로 모른 척해왔다. 사소한 일일수록 서운한 법인데 왜 그렇게 깍쟁이처럼 굴었을까.

그래서 오늘은 지예가 새삼스럽게 왜 이러는 건지 의아해하는 데도 불구하고 주차장까지 따라가서 차가 떠나는 것까지 보고 들어왔다. 별일 아닌데 하고 나니 마음이 좋았다. 이제는 우리 집에 놀러 오는 사람들을 다 밑에까지 배웅해야지.

생각해보니 이건 부모님이 내가 집에 갈 때마다 나를 배웅하시던 방식이구나. 난 뭐든 뒤늦게 깨닫네.

의사로 일하는 중년의 '케이트'는 이제껏 자신이 정정당당하고 성실하게 살아왔다고 자부한다. 하지만 갑자기 다른 남자랑 바람을 피우고, 남편과의 애정 생활이 의심되면서 이혼이 하고 싶다. 설상가상으로 남편은 갑자기 영적 지도자를 만나 그야말로 '좋은 사람'으로 거듭나려 노력한다. 그는 자꾸 달라지는 남편, 자식들, 그리고 자신의 모습에 혼란스럽기만 하다.

닉 혼비Nick Hornby의 소설은 좋다. 일단은 재미있고, 술술 읽히면서 잠자코 있는 감성도 깨운다. 그의 작품을 읽다 보면 그가 타고난 수다쟁이라는 걸 느끼게 된다. 실제로 만나면 얼마나 말을 재미있게 할까. 궁금해지지만 정작 만나면 그가 무슨 말을 하는지 하나도 못 알아먹겠지…. 어쨌든 이 작품 역시 그가 뿜어내는 위트, 조롱, 성찰로 가득해 읽는 동안 지루할 틈이 없다.

좋은 사람이 되는 방법 같은 게 있기나 할까? 만약 있다면 내가 그런 사람이 될 수 있을까? 아니, 좋은 사람이라는 게 실제로 존재하기는 하는 걸까? 각종 의문을 품고 읽기 시작한 소설이지만 다 읽고 나니 그 질문에 정답 따위는 없다는 것을 깨달았다. 킬킬대며 읽었음에도 묵직한 생각을 전해주는 소설. 결말도 마음에 든다.

영화를 보고 싶었는데 밖에 나가기는 싫어서 오늘은 집에서 영화 보는 날로 정했다. 넷플릭스로 무려 다섯 편이나 봤다.

1. 아마추어

농구 영재가 프로 선수로 가는 과정에서 현실적인 벽에 부딪힌다는 내용의 영화. 주인공은 연기를 잘해서 그러는 건지 못해서 그러는 건지 자연스러운 연기를 하는데, 주인공 엄마로 나온 배우는 정확하게 발연기를 한다.

2. 더 보스

내가 좋아하는 코미디언 멜리사 맥카시의 영화. 멜리사 맥카시는 성공과 폭망이라는 극과 극의 인생을 보여주며 재기를 노리지만 쉽지가 않고…. 막 재미있는 영화는 아니지만 멜리사 맥카

시의 당당하고 시원한 연기를 보는 것만으로도 기분 좋았다.

3. 버드박스

어느 날 눈에 무언가가 보이는 사람은 죽음을 당하는 재앙이 떠돌게 되고, 그 안에서 아이들을 지키기 위해 사투를 벌이는 엄마의 이야기. 기대 없이 봤는데 흥미로웠다. 산드라 블록의 연기와 매력에 또 한 번 반하고 말았지만, 보는 내내 기가 빨렸다. 에너지를 요하는 영화.

4. 언 피니시드 비즈니스

따로도, 같이도 조금 부족한 세 남자가 사업상 해외 출장을 가서 벌이는 갖가지 소동들을 다룬 영화. 빈스 본 특유의 철판 깐 유머 감각이 돋보이는 영화였다. 배경이 베를린이어서 다 보고 나니 베를린에 가고 싶어졌다.

5. 타워 하이트

벤 스틸러의 영화는 웬만하면 다 보는데 이 영화 역시 흥미진진
하게 볼 수 있는 영화였다. (여기서부터는 스포) 고층 건물에서 자
동차를 이동하는 과정이 손에 땀을 쥐게 한다.

전체적으로 퀄리티가 나쁘지 않아 오늘의 영화 선택은 성공인
것 같다. 다섯 편을 내리 봤는데도 하나도 안 피곤하다니 놀랍
다. 집에서 봐서 그런가.

74

내가 좋아하는 일 중에 하나는 봤던 영화 다시 보기. 딱히 반복해서 볼 이유가 없는 영화들인데도 보고 또 본다. 그럴 때 보는 영화는 관람이라기보다는 관찰이다. 보다 보면 전에는 못 봤던 새로운 발견을 하게 될 때도 있다.

문화인류학자 케이트 폭스Kate Fox는 영국인으로서 십이 년 동안 영국인을 관찰한다. 과연 영국인다움의 법칙은 무엇이고, 그 법칙들이 국가 정체성에 대해 이야기하는 것은 무엇인지 알아보기 위해서다. 그가 긴 시간 동안 모은 영국인에 대한 정보는 두꺼운 책으로 엮어 세계적인 베스트셀러가 된다.

평소 영국 코미디, 사이먼 페그Simon Pegg, 퀸Queen과 비틀즈The Beatles를 좋아하고, 릭키 저베이스Ricky Gervais의 부적절한 유머에 마음 복잡해지는 사람으로서 흥미롭게 읽은 책이다. 영국인의 날씨에 대한 대화는 '나는 당신과 이야기를 시작할 준비가 됐어요'라는 뜻, 펍Pub에서는 서둘러 맥주를 주문하지 않을수록 맥주를 마실 수 있다는 것 등 영국인 특유의 문화와 행동 방식을 위트 있게 알려준다.

두꺼운 학술서 같은 느낌이라 읽기 전부터 기가 죽지만, 막상 읽어보면 쉽고 유쾌하다.

———

오늘 언니가 이런 말을 했다.

기쁨을 느낄 수 있는 걸 찾는 건 소중한 거야.
나이 들수록 점점 웃을 일이 없어.
조금이라도 좋다 싶은 건 꼭 잡아야 해.

———

내가 꼭 잡아야 하는 것은 뭘까.

075

영어 과외가 있는 날. 선생님이 새 마음 새 뜻으로 새로운 학습 방법을 준비해오셔서서 당황했다. 먼저 정해진 상황에서 두 남녀가 영어로 대화를 나누는 오디오 파일을 들었는데 오디오 속 남녀는 감정이라고는 없이, 억양도 최대한 배제한 발연기를 계속했다.

무슨 소리인지 알 수도 없고, 대체 이 연기는 어디서 온 발연긴지 눈만 껌벅거리는 사이에 재생이 끝나버렸는데, 선생님은 "내용이 뭐였죠?"라고 물었다. 나는 때려 맞추기식으로 이야기를 창조하기 시작했고 선생님은 그런 나를 보고 "이 대화의 몇 퍼센트나 이해했나요?"라고 물었다.

나는 육십 퍼센트라고 대답했지만 당연히 거짓말이었다. 대신 "저 집에 가봐야 될 것 같은데요."라고 했다. 나름 센스 있는 농담을 했다고 생각하고 낄낄거렸는데 선생님은 웃지 않았다. "다시 한번 들어보죠."

그러자 아까는 들리지 않은 표현이 조금씩 들리기 시작했다. 한 번 더 듣고, 요약하고, 한 문장 한 문장씩 정확하게 들었는지 따라 해보고…. 그 작업을 계속하다 보니 이미 내 마음은 내 집 소파 위에 널브러져 있었지만 그러는 동안 깨달은 게 있었다.

"선생님. 저는 눈치가 빨라요. 그래서 그동안 외국 영화나 드라마에서 사람들의 표정이나 몸짓을 보고 그 말을 다 알아듣는다고 착각한 것 같아요. 이렇게 감정이나 억양이 빠진 문장을 들으니까, 무슨 말인지 하나도 못 알아듣겠네요. 거의 재앙이네요."

선생님은 그 고백에 반가워하며 그래서 영어로 전화통화를 하는 일이 그렇게 어려운 거라고 말했다. 그리고 "하지만 눈치가 빠른 건 외국어 학습에 도움이 되지요!"라며 격려했다.

한 시간 동안의 수업이 끝나자 온 정신이 너덜너덜해졌다. 하지만 아까까지는 전혀 들리지 않던 문장을 입으로 발음하고 있다는 사실이 기쁘기도 하고, 뿌듯하기도 하고… 그러는 동안 하고 싶은 것만 하면서 새로운 걸 배울 수는 없다는 걸 깨달았다.

오늘 수업이 어땠냐는 선생님의 질문에 대답했다. "힘들었어요. 하지만 이렇게 공부해야 할 것 같아요. 어렵지만 해볼게요⋯."

앞으로의 영어 수업도 쉽지 않겠구나. 그래도 포기하지 않을 것.

오늘의 다짐.

최수진 | 북노마드

영어를 공부하기 시작한 건 여행 때문이었다. 좋은 여행을 하기보다는 나쁜 여행을 하기 싫어서였다. 새로운 사람들과 대화를 나누고, 멋진 경치를 보며 그 느낌을 영어로 줄줄 이야기하고 싶어서가 아니라 묵게 된 방이 예약한 방이랑 다르다고 따지고, 항공사 카운터에서 기죽지 않기 위해서였다. 그런데 그 길은 요원하기만 하다. 해피! 딜리셔스! 굿!을 말하는 것은 쉽지만 그 반대를 표현하는 일은 정신을 바짝 차려도 쉬운 일이 아니다.

그럼에도 불구하고 여행은 좋은 것이다. 새로운 눈을 갖게 하고, 튼튼한 발을 만들어준다. 사소한 것 하나에도 소심해지고 외로워지고 슬퍼지지만 그것조차 멀리 떠나와서 겪을 수 있는 감정들임을 깨닫게 한다.

그런 특별한 여행의 순간들이 담겨 있는 책. 베트남 구석구석을 여행하며 보고 느낀 다양한 풍경이 사진과 그림과 글로 표현되어 있다. 나는 이 책에서 사진보다 그림이 좋았고, 그림보다 글이 더 좋았다. 소박하고 아름다운 그림들과 혼잣말 하듯 써놓은 여행기도 매력적이다.

이 책을 읽으면 나도 어딘가를 길게 여행하며 사진도 찍고 그림도 그리고 글도 쓰면서 보내고 싶어진다. 하지만 막상 가면 대부분의 시간을 누워 있겠지.

올해 처음으로 내키지 않는 일이 들어왔고, 올해 처음으로 그 일을 거절했다. 이제는 이렇게 할 거다. 어떤 제안을 딱 들었을 때, 안 내키는 일은 안 하는 걸로. 왜냐하면 나는 더 고민해보자는 결심을 하는 순간 점점 그 일을 수락해야겠다고 결심하고 마는, 쓸데없는 너그러움을 갖고 있기 때문이다.

하지만 오늘, 안 하겠습니다, 라고 말하고 나니 마음에 자그만 용기가 생겨났다. 이렇게 조금씩 차근차근 나에게 이로운 단호함을 연습해봐야지. 하기 싫은 건 안 하는 거다. 그리고 그 결과는 내가 감당하는 거다.

질 크레멘츠 | 위즈덤하우스

존 업다이크John Hoyer Updike는 이 책의 서문에 이렇게 썼다. '책
상은 침대보다 훨씬 많은 사연을 품고 있다.' 멋진 그 문장에 동
의한다. 내 침대에는 자고 난 흔적만 남아 있지만 책상 위에는
그 외의 모든 시간이 담겨 있다.

그런 의미에서 이 책은 조금 남다르게 다가왔다. 작가 쉰여섯 명
이 각자의 책상에 있는 사진과 함께 자신의 글쓰기에 대해 이야
기하는 책이다. 다작으로 유명했던 조이스 캐럴 오츠Joyce Carol
Oates는 정작 하루 종일 아무것도 하지 않고 시간을 보낸다고 했
고, 피터 마티센Peter Matthiessen은 독자를, 심지어 자신을 의식하
지 않은 채 글을 쓴다고 했다. 그들의 말을 읽고 작업하는 모습
을 보고 있으니, 이 사진 외의 시간에는 각자 책상에서 어떤 시
간을 어떻게 보냈을지 상상하게 된다.

그들은 그 앞에서 가장 솔직해졌을 것이다. 눈물도 흘렸을 것이
고 누군가를 원망하기도, 후회하기도 했을 것이다. 긴 시간 동안
자릴 지키고 앉았다가 한없이 기뻐하기도 했을 것이다. 나 역시 그
런 시간을 갖고 싶어서 이 책을 다 읽고 얼른 책상에 앉아 노트
북을 켰다.

부모님 댁에 잠깐 들렀다. 몇 개월 전 엄마는 어느 글짓기 대회에서 장원을 타셨는데, 마침 내가 갔을 때 그때 쓴 작품이 실린 잡지가 도착했다. 엄마는 부끄러워하시며 문 뒤에 서서 "안 보여줄래…"를 연발…. 한참 실랑이를 하다 슬쩍 잡지를 내미셨다. 엄마가 쓰신 시.

단풍

조정희

수줍은 듯 부끄러운 듯
연초록 움으로
얼굴 내밀던 날
끝없이 높게 펼쳐진
하늘을 보았고

그 넓은 하늘에다

나는 나는 그 어떤 수를 놓아야 할까?

가슴 떨리는 내 노래를 어떻게 불러야 할까?

살랑살랑 바람이 나를 유혹하는 날에도

그리움이 내 가지에 걸터앉아도

거세게 불어 닥친 생활고의 파도도

남편을 울타리로

두 딸을 희망으로

나는 꿈꾸었네

내 인생의 단풍이

아름답게 물들기를

어머 세상에. 어떻게 이런 시를 쓰지? 너무 멋있네…! 그래서 내가 이렇게 글을 쓰면서 살고 있는 건가. 몰랐던 엄마의 재능에

감탄하면서 여러 번 다시 읽었다. 그러고 보니 눈에 띄는 부분이
있었다.

"근데 엄마, 여기에 남편을 울타리로, 이 부분 거짓말 아니에요?
엄마 울타리가 아빠 맞아요?"

그랬더니 엄마는 허를 찔린 듯 깔깔깔. 나 역시 그 모습에 키득
대는 와중에 아빠가 옆에 쓰윽 앉더니 보란듯이 딴 얘기를 시작
하셨다.

"요즘은 문 비밀번호 있재. 그걸 많이 바꾼다카대."

"도어락이요?"

"어."

"아~ 알겠어요."

"별일이야 없겠지마는 니는 혼자 사니까."

"네, 조만간 바꾸죠, 뭐."

"그래. 니는 따라다니는 사람 없나?"

"따라다니는 사람…? 스…스토커요?"

"어. 그런 게 있다카대."

"나는 없지."

"왜. 뒷모습 보면 날씬하고 그케서 있을 것도 같은데."

"……"

엄마는 당신의 재능을 선보이고 아빠는 나에 대한 걱정과 자부
심을 선보이던, 오후만 있던 목요일.

권정자 외 19인 | 남해의봄날

'순천 평생 학습관 한글 작문교실 초등반'에서 한글과 그림을 공부하시는 할머니들의 그림과 글을 엮은 책이다. 할머니들은 그동안 먹고 살기 바빠서, 여자라는 이유로 배움의 기회가 없었지만 늘 글을 못 읽는 스스로가 창피하고 한스러웠다고 한다. 뒤늦게라도 글을 배워 매일매일 행복이 샘솟고 자신감이 넘친다고 일기에 쓰셨다.

책에는 어린 시절 시집을 와 남편에게 맞고 산 이야기, 딸만 줄줄이 낳아 시어른들에게 모질게 구박받은 이야기 등 충격적이고 코끝 찡해지는 할머니들의 이야기가 가득하다.

그 외에도 자기 남편을 좋아한 친구와 연을 끊고 지낸다는 이야기, 꼬박꼬박 부은 곗돈을 떼어먹히고도 계주를 용서해줘 또 한 번 당한 이야기, 이미자를 닮았다는 이야기에 우쭐해 밤이나 낮이나 이미자 흉내를 내며 노래를 불러댔다는 이야기 등 읽다 보면 울다 웃느라 마음이 바빠진다.

할머니들은 그림을 그리고 꼭 그 밑에 이름 석 자를 쓰셨다. 닭을 그리고는 그 밑에 닭이라고 쓰고, 보리를 그리고는 그 밑에 보리라고 쓰셨다. 그 그림들이 어찌나 귀엽고 아름다운지 모른다.

책의 마지막 부분에 할머니를 직접 가르치신 선생님이 쓰신 글을 읽고는 내내 고여 있던 눈물이 팡 터져버렸다.

낮에 지하철을 탔는데 혼잣말을 하며 돌아다니는
사람이 있었다. 광고 문구를 따라 하거나 의미 없는 소리를 중얼
거리더니, 결국은 차내를 돌아다니며 큰소리로 혼잣말을 했다.
그리고는 빈자리에 앉아 반복적으로 기침을 하며 옆자리에 가
래침을 뱉기 시작했다. 침을 뱉는 사이사이에도 혼잣말을 이어
갔다.

그동안 지하철이나 버스에서 낯선 행동을 하는 사람이 있을 때
마다 할아버지들은 꼭 소리를 질렀다. 조용히 해! 이상한 소리
하고 있어! 그런 소리 할 거면 타지 마! 등 마치 자신이 그 탈것
의 주인이라도 되는 듯 호통을 쳤다. 그 모습을 보면서도 나는
할아버지가 뭔데 그러냐고 말도 못 하고… 그저 가시방석에 앉
은 것처럼 불편해하기만 했다.

그런데 오늘은 아무도 그에게 말을 하지 않는다. 그가 내는 온갖
소리가 어디선가 흘러나오는 음악인 것처럼 사람들은 아무렇지

않게 행동했다. 나는 사람들의 일괄적인 '본체만체'에 감동했다. 그 침묵 덕분에 그는 '이상한 행동을 하고 있다'는 공개적인 망신을 당하지 않아도 되었으니까.

우리에게 시선의 자유가 있다면, 시선을 받지 않을 자유도 있다. 보이니까 쳐다보지, 라는 말은 당연한 말이 아니다. 무언가를 본다는 것에는 수많은 생각과 의도와 감정이 포함되어 있다. 누군가를 보고 판단하고 참견하는 것은 유해할 때가 더 많다. 내 눈에 거슬리는 무언가에 대해 나는 말할 권리가 있다, 고 생각하는 사람들일수록 더 자주 실수를 저지른다.

보이는 것을 보이지 않는 척하는 것. 아무 일도 없는 것처럼 행동하는 것. 무관심이 배려가 되고 예의가 될 때도 있다. 나는 오늘 지하철에서 사람들이 그에게 존중을 보였다고 생각한다. 세상은 조금씩 달라지고 있는 걸까.

김민아 | 뜨인돌

이 책은 작가가 교사로 근무하던 시절, 한 학급에 있었던 몸이 불편한 아이를 떠올리는 것으로 시작된다. 반 아이들은 그를 놀리지도 않고, 관심을 갖지도 않고 그저 내버려두었다고 한다. 하지만 작가는 사람이 사람을, 모른 척 의식하지 않고 대하는 게 맞는지 의문이 들었다고 말했다. 아이들은 모두 그 아이를 '아예 대하지 않았기 때문'이다.

그 대목을 읽고 온몸에 돋는 소름이라니. 오늘 나를 포함한 지하철 승객들의 침묵이 배려나 예의가 아닌 무시나 못 본 척일 수도 있겠다는 생각에 가슴이 덜컹했다. 과연 나는 그를 배려한 게 맞는가. 그저 없는 척 존재를 지워버린 것은 아닌가.

이 책은 질병과 장애로 고통받는 사람들을 인터뷰한 내용을 토대로 우리나라의 열악한 복지에 대해 이야기한다. 노화나 질병, 장애보다 무서운 것은 사람들의 차별과 편견이라는 것도 알려준다. 작가는 말한다. '대한민국에서 질병과 장애는 죄가 된다'고. HIV 바이러스 보균자라는 이유로 사회생활과 의료 혜택에서 배제되는 사람들, 부모의 질병 때문에 취업까지 제한받는 사람들, 일자리를 빼앗기고, 세상에서 소외되는 노인들의 이야기에 읽는 내내 가슴이 갑갑했다. 불편한 책이지만 읽어야 할 책. 마음을 울리고 머리를 때리는 책이다.

———

예전 수첩에 써둔 몇 년 전 일기를 발견했다.

한 달에 사십오만 원짜리 월세를 살면
집주인은 날 딱 사십오만 원짜리로 본다.
그래서 사람들이 무리해서 집 장만을 하나 보다.
냉장고가 고장 나서 집주인에게 전화를 걸었는데
집주인은 냉장고를 고쳐주겠다는 말을 절대 꺼내지 않는다.
남편에게 물어보고 말해주겠다고 한다.

———

아무 답이 없는 주인에게 며칠 뒤 다시 전화해서
"여름에 냉장고 고장 나면 어떤지 아시잖아요"했더니
그럼 자기 남편을 불러서 고쳐주겠다고 한다.

여자 혼자 사는 집에, 밤 아홉 시에, 냉장고 기술자도 아닌
자기 남편을 보내겠다고 말한다.

그 인간들이 평생 불행하기를 바란다.

남자친구가 한글 공부를 재개했다. 내가 크리스마스 선물로 준 코코몽 단어 카드를 보면서 하루에 단어를 일곱 개씩 외우겠다고 한다. 나랑은 일주일에 한 번씩 단어 시험을 보기로 했다. 그가 이번에 외운 단어들은 사과, 책, 모자, 바구니, 바나나, 리본, 토끼, 토마토, 기린, 수박, 포크, 나무, 로켓, 무, 아이스크림.

시험은 단어 카드에 나온 우리말을 내가 영어로 불러주면 그가 한글로 바꿔 적는 식으로 진행했다. 그가 공책 위에 한 자 한 자 눌러쓰는 한글이 너무 귀여웠다. 그 땅콩 같은 글씨를 보고 귀엽다며 사진을 찍고 나 혼자 신이 났다.

남자친구는 딱 한 문제를 틀렸는데 리본을 '리빈'이라고 썼다. "이거 틀렸네!"라고 하니 알겠다는 표정으로 '립빈'이라고 고쳐 적었다. 그걸 쳐다보는 내 표정에서 뭔가 잘못되었다는 걸 깨달았는지 결국은 '리본'이라고 바꿔 적었다. 딩동댕.

단어 테스트를 해보니 그가 가진 언어에 대한 감각이 수준급이라는 것을 알게 되었다. 가능성이 있다! 앞으로 얼마나 더 자주 단어 시험을 볼 수 있을지 모르겠지만, 어디 한번 꾸준히 해보자.

시험이 끝나고 나서는 둘 다 수고했다는 의미로 삼계탕을 먹었다(내가 사줌).

마크 프라우언펠더 | 반비

'손으로 물건을 만드는 사람'에 대해서는 늘 존경심이 든다. 두 손에서 탄생하는 무수한 결과물들이 놀랍기도 하고 그 재능과 끈기도 부럽다.

잘나가는 IT 잡지에 글 쓰는 일로 잘 먹고 잘 살던 남자 역시 문득 자기 손으로 무언가를 만드는 일에 관심을 갖기 시작한다. 그는 동업자와 함께 DIY 잡지를 만들기로 하고, 스스로 DIY를 실천한다. 사람들의 도움과 조언을 얻어 자신만의 에스프레소 추출기를 만들고, 가족들과 닭을 키우고, 벌을 치고, 기타를 손수 만들어 연주하고, 딸아이에게 직접 수학을 가르친다.

그는 DIY 선배들로부터 '실수하더라도 의기소침하지 말라'는 조언을 듣지만 번번이 실수하고 좌절하는 스스로에게 질려버린다. 그러면서도 그동안 전문가에게 맡기거나 상점에서 구입해온 것들을 손수 만들어봄으로써 해방감과 자부심을 경험한다. 그 과정 자체가 흥미진진한 모험이다.

그의 유쾌하고 열정 넘치는 도전을 따라가는 동안 과연 나는 손으로 뭘 할 수 있을지를 생각해봤다. 일단 그림부터 그려볼까? 아니면 악기 다루기? 우선 물을 끓이고(손으로 하는 일) 원두를 갈아서(역시 손으로 하는 일) 커피 한잔 타 마시고 나서(역시나 손으로 하는 일) 생각해봐야지.

며칠 전에 수진이가 정동진 해돋이 여행을 가자고
해서 그러겠다고 했는데 그게 오늘이다. 막상 가려고 하니까 귀
찮음이 무한대로 엄습…. 그래도 새해에 친구와 가는 해돋이 여
행이라니 의미 있겠지, 라며 스스로를 달랬다.

밤 열한 시 반에 잠실역에서 관광버스를 타고 새벽에 정동진에
도착해서 해돋이를 보고, 강릉항 주변 커피 거리를 구경하고, 대
관령 하늘 목장을 보고 돌아오는 코스였다. 그냥 해돋이만 보고
집에 오는 줄 알았는데 다음날 저녁 여섯 시 반에야 서울에 도착
한다고 한다. 은근히 빡센 일정이었다. 하지만 두당 삼만이천구
백 원에 이 모든 코스를 소화할 수 있다니 괜찮은 것 같다.

집에서 밀린 일거리를 해결하고, 저녁에는 PT도 받고, 잠실역에
서 수진이랑 같이 조금 늦은 저녁을 먹고 버스를 탈 예정이다.
어떤 여행이었는지에 대해서는 잠시 후 계속.

스무 살 때 기차를 타고 정동진에 간 이후 두 번째로 가보는 해돋이 여행은… 나쁘지 않았다. 이번 여행은 태어나서 처음 해본 패키지 여행이기도 했는데, 이번 체험을 통해 사람들이 왜 패키지 여행을 가는지 알 것 같았다. 차에서 잠깐 졸다 보면 목적지에 도착하고, 시키는 대로 시간을 보내고 차로 돌아오면 다음 목적지로 출발한다. 스스로 생각해봐야 할 것은 어디서 밥을 먹을까 정도였다. 하지만 이 모든 게 스무드했음에도 불구하고 전체적으로 '나쁘지 않았다'고밖에 말할 수 없는 이유는 해뜨기 직전까지의 시간 때문이었다.

밤 열한 시 반에 출발한 고속버스는 새벽 두 시 십오 분쯤 정동진에 도착했다. 그건 해 뜨는 시간인 일곱 시 반까지 버스에서 기다려야 한다는 뜻이었다. 이는 곧 세 시간 반 정도를 버스에서 자고, 나머지 두 시간은 정동진역에서 어슬렁대야 한다는 뜻. 그런데 이 다섯 시간 반 정도의 시간이 이 여행 최고의 고난이라고

할 수 있다.

관광버스에 가득 찬 사람들이 세 시간 반 동안 한 장소에서 웅크리고 앉아 잠을 자야 했는데, 숙면에 너무 빠져든 누군가는 코를 골고, 이를 갈고, 그 소리를 못 견뎌 하며 신경질을 내고 난리가 났다. 사람들이 좁은 공간에서 배출해내는 이산화탄소 양까지 어마어마해서 나중에는 숨을 쉬는 것도, 잠드는 것도 힘들었다. 나는 그저 윙윙 돌아가는 히터 소리를 들으며 그 열기와 갑갑함에 진땀만 흘렸다.

결국 한 여섯 시간 동안 단 한숨도 못 잤다. 버스에서 내릴 때쯤에는 정동진역에 도착하는 첫차를 타고 당장 서울로 가고 싶었다.

게다가 정동진 앞바다에 도착해서 해뜨기를 기다릴 때 즈음에는 비가 오기 시작해 하늘에 먹구름이 가득했다. 해가 뜬다는 시간 일곱 시 삼십구 분까지 가만히 기다려봤지만 바다 맞은편에서는 약소하게나마 해돋이의 기운조차 느낄 수 없었다. 수진이와 나는 열심히 사진을 찍으며 기분 전환을 도모했지만 비는 더 많이 오지, 해는 안 뜨지, 배 속은 부대끼지… 더 안 봐도 이번 여행은 망했다는 결론이 났다.

비록 해돋이 보기는 실패했지만 커피 거리에서 드립 커피도 마시고, 하늘 목장을 산책하며 짧게나마 눈썰매도 타고, 양들에게 건초도 나눠주었다(수진이만. 나는 무서워서 양 근처에도 못 갔다). 하지만 그러면서도 머릿속에는 한 가지 생각만 가득했다. '집에 언제 가냐….'

그럼에도 불구하고 오랜만에 수진이와 함께 밀린 이야기들을 많이 나눌 수 있었다는 것에 의미를 두고 싶다. 비록 서울로 돌아와서는 '앞으로 이런 일에 부르지 마라' 하고 이를 갈았지만 백퍼센트 진심은 아니었다. 그저 집에 와서 죽은 듯 폭면을 취했을 뿐. 힘들고도 뜻깊은 여행이었다.

영화 〈카모메 식당〉에서 똑 단발을 하고 울트라맨 노래를 부르던 미도리 씨. 등장 첫 장면부터 강렬함을 선사한 그가 쓴 책이 있다. 영화 촬영을 위해 한 달 반 동안 핀란드에 머물면서 그곳을 즐긴 이야기를 담은 여행기다.

어렸을 때부터 음식(그리고 여행)에 남다른 애정을 보여왔다는 그는 낯선 땅에 가서도 주저함이 없다. 시장에서 딸기를 바구니째 사서 숟가락으로 퍼먹고, 주말 밤에는 혼자 클럽에 놀러가고, 촬영이 다 끝나고는 농장 체험을 하겠다며 혼자 숲속에 머문다. 그 외에도 영화를 찍는 동안 있었던 비하인드 스토리도 읽을 수 있어 〈카모메 식당〉 팬으로서 반가운 책이었다.

그의 인생관을 나타내주는 글도 인상적이었다. 그중에서도 '동전으로도 충분히 채울 수 있는 쾌락이 있다', '사람에게는 저마다 도시와 사귀는 법이 있다' 등의 보석 같은 문장이 기억에 남는다. 게다가 이 책에는 여행이 끝난 다음의 이야기까지 담겨 있어 여행의 시작부터 일상으로의 복귀까지 그와 함께하는 느낌이다.

이건 그가 태어나서 처음 써본 글이라는데 첫 책을 이렇게 재미있게 쓰면 반칙 아닌가.

081

일 년에 한 번 유방 정기검진을 받는 날이다. 매년 건강검진을 받고는 있지만 유방과 자궁은 병력이 있어서 따로 검진을 받는다. 유난히 종양이나 염증이 잘 생기는 체질이어서 갈 때마다 긴장이 된다. 작년에는 좀 의심스러운 게 발견돼서 조직 검사까지 했는데, 이번에는 괜찮을지.

초음파 검사를 하니 역시나 뭔가가 발견되었다. 작년까지는 없던 겨드랑이 밑에 림프절이 부어 있는 것처럼 덩어리가 생겼다고 했다. 그래, 그냥 넘어가는 법이 없지…. 하지만 선생님이 이건 면역력과 관련된 것 같으니 상황을 좀 지켜봐야 할 것 같다고 했다.

지하철을 타고 집으로 돌아오는 길. 앞으로 이 과정을 사십 년은 반복해야 할 것 같다는 실감에 아득해졌다. 큰일이 없는 한 팔십까지는 살지 않을까. 하지만 그게 하나도 기쁘지가 않으니 어쩜 좋을까. 몸은 자꾸만 약해지는데, 전에는 없던 뭔가가 자꾸 발견되는데, 벌써 이렇게 지치고 힘이 빠지는데 노후 생활을 잘 버틸 수나 있을까.

만약 큰 병이 걸리면 그걸 감당할 수 있는 체력과 경제력이 있기나 할까. 유방 초음파 하나 찍고 십오만 원을 내고 왔는데, 앞으로 의료비로 얼마나 많은 돈을 쓰면서 살게 될까. 젊었을 때 몸을 혹사해가면서 번 돈을 나이 들어 병원비로 다 쓰게 된다는 말… 결코 그냥 하는 말이 아닌 것 같다.

온갖 어두운 생각이 꼬리를 물어 이그 이그, 투덜거리는 심정으로 집으로 돌아오니 우체통에는 자동차세 고지서가 들어 있었다. 얼씨구.

사노 요코 | 북폴리오

더는 이 세상에 없다는 사실이 떠오를 때마다 마음이 쓸쓸해지
는 작가 사노 요코佐野 洋子. 약 십 년 전에 암으로 세상을 떠났지
만 그의 책들은 여전히 서점에서 잘 보이는 곳에 놓여 있다.

그는 시한부 인생을 선고받자마자 외제 자동차를 사러간다. 병
원을 빠져나와 재규어 매장에 가서 원하는 자동차를 가리키며
말한다. "저거 주세요." 악착같이 모아둔 저금을 깬 돈으로 산
차를 이리저리 운전하며 박고 다니다 한 달 만에 너덜너덜한 중
고차로 만들어버린다. 그 어쩔 줄 모를 패기에 책을 쥔 손이 푸
르르 떨렸다. (《사는게 뭐라고》중에서)

모든 첫 책은 작가의 정수를 담고 있다고 생각하는데, 사노 요코
의 첫 번째 에세이인 이 책 역시 마찬가지다. 북경에서 보낸 유
년 시절, 베를린에서의 유학 생활, 어린 시절 좋아했던 남자아이
이야기, 맞으면서도 울지 않아 더 많이 맞은 아이 때 이야기 등
이 읊조리듯 쓰여 있다.

'내가 어린이 그림책을 그리는 이유는 내 속에 있는 어린 시절의
나를 향해 얘기하는 것'이라는 대목에서는 가만히 가슴을 쓸어
내렸다. 내가 글을 쓰는 이유도 내 안의 덜 자란 나에게 말을 걸
기 위한 것이기 때문이다.

언제 읽어도 거침없는 그의 글이 있어서 나는 죽기 직전까지 위
로받을 것이다.

아침에 잠이 덜 깬 상태로 친구 아버지 부고를 들었다. 헐레벌떡 일어나 전화를 돌리고 문자를 보내고, KTX를 예매하는 내 모습에 조금 진절머리가 났다. 그러고 나서는 소파에 앉아 꾸역꾸역 밥을 먹었다. 이럴 때일수록 침착해야 돼, 잘 먹어야 돼…라는 생각을 하면서 계속 자신에게 아무렇지 않을 것을 강요하는 내가 있었다. 마음속이 점점 어둠으로 가득 차는 걸 애써 무시했다.

이십 대 시절에는 장례식장에 가는 게 싫었다. 가는 시간을 최대한 미루거나, 가더라도 잠깐 앉아만 있다가 왔다. 무슨 말을 해야 할지도 모르겠고, 어떻게 행동하는 게 맞는지도 모르겠어서 그저 불편하고 거북하기만 했다. 그런데 따지고 보면 장례식장이 내 집처럼 편한 사람이 어디 있을까. 그 당연한 사실을 생각할 겨를도 없을 만큼 철이 없었다.

다행히 장례식장에는 사람들이 많았고, 빈소 앞은 화환이 긴 줄을 이루고 있었다. 그게 뭐라고, 그걸 보고 마음이 좀 편했다. 반가운 얼굴들을 보고 인사하고, 대화를 나누면서도 한쪽은 아픈 마음, 한쪽은 누그러지는 마음이 동시에 들었다. 아픈 마음은 말 그대로 아픈 마음, 누그러지는 마음은 그 사람들이 다 나랑 비슷한 마음으로 거기 앉아 있는 것 같아서 드는 마음이었다.

'장례식이 끝나고 나서야 가족들의 그 이후의 삶은 시작된다'는 뉘앙스의 문장을 읽은 적이 있다. 많은 사람들에 둘러싸여 위로를 받고, 산적해 있는 일거리들을 정신없이 해치우고, 잠을 설치며 손님을 맞고… 이 모든 과정이 끝나면 조문객들은 각자의 장소로 돌아가 그들만의 생활을 이어가지만 남은 가족들에게는 전혀 다른 삶이 남아 있다는 거다. 그때부터 그들에게는 '누군가의 부재'를 실감하며 살아야 하는, 이제껏과는 다른 일상이 기다리고 있는 것이다.

모두가 돌아가고 일종의 당사자들만 남은 그때, 그들은 비로소 그 자리에 없는 누군가를 떠올리며 다시 한번 절망할 것이다. 그 시간을 상상하니 눈앞이 캄캄해진다. 무슨 말도 위로가 될 것 같지가 않다.

축 처진 얼굴로 집에 돌아왔다.

82

나는 죽음이에요
엘리자베스 헬란 라슨 글, 마린 슈나이더 그림 | 마루벌

그는 청록색 긴 상의에 긴 바지를 입고, 긴 머리엔 커다란 코르
사주를 달고 있다. 한 마리 새 같기도 하고 아이 같기도 하다. 그
는 스스로를 이렇게 소개한다. '나는 죽음이에요.'

그는 무표정으로 어디에든 간다. 주름이 많은 사람들에게 자주
찾아가지만 동네 전체를 찾아갈 때도 있다. 작은 아이들에게도
가고 태어나지 않은 배 속 생명에게도 간다. 그들과 손을 잡고
천천히 걸으며 생각한다. '누구도 나를 피해 숨을 수는 없어요.'
하지만 죽음이 두려울 때는 사랑을 떠올리라고 말한다. 사랑은
나, 죽음을 만나더라도 절대 죽지 않는다고.

제목에 이끌려 읽게 되었는데, 읽는 동안 죽음에 대한 두려움이
조금 달아났다. 색연필과 물감으로 그린 어둡기도, 알록달록하
기도 한 그림도 인상적이다. 책에서 죽음은 삶과 가까이 있다고
말하는데, 머리로는 아는 그 사실이 마음으로는 왜 이리 받아들
이기 힘든 건지.

소중한 사람을 잃고 슬퍼하는 사람에게 선물하고 싶은 책. 솜털
만큼이라도 위로가 되기를 바라며 건네고 싶다.

083

늘 아닌 척했지만 나는 스스로를 특별한 사람이라 여기며 살았던 것 같다. 나는 남들과는 다른 사람, 여기서 이런 취급을 당할 사람이 아닌 사람, 재수가 없어서 좋은 일을 못 만나는 사람… 그런 식으로 스스로를 특별 취급하며 살았다. 당연히 현실이 만족스러울 리 없었다.

가끔은 내 맘대로 되지 않는 현실을 탓하다 지쳐 '다 나 때문에 인생이 이 모양인 것이다'라는 비하를 이어가기도 했다. 그렇게 뚜렷한 이유라도 만들지 않으면 시궁창 같은 현실을 버틸 수 없어서였다.

자기 비하와 교만이 바느질하듯 얽히는 사이에 지금이 됐다. 하지만 요즘은 그저 있는 그대로의 나를 받아들이려고 한다. 노력하는 것도 아니고, 그저 나라는 사람을 그러려니 하기로. 잘 못할 수도 있고, 대단하지도 않고, 가끔 좌절하기도 하고, 가끔은 또 잘하기도 하는 사람.

그러다 보니 삶에 소모하는 에너지가 많이 줄어들었다. 남은 에너지로 더 깊게 빈둥거리고, 나와 비슷하거나 다른 사람들을 만나고 이런 저런 일들을 하며 보낼 수 있다.

나는 특별한 사람이라는 생각을 버리고 나니 비로소 나로 사는 것 같다. 그리고 이게 더 건강한 일상 같다.

번번이 고전 읽기에 실패하고 있다. 작심하듯 펼쳐 읽어봐도 도무지 진도가 안 나간다. 고전은 대화를 위한 거라는 생각이 들기도 한다. 그 책 알지, 나도 읽었어, 같은 것. 마크 트웨인Mark Twain이 이런 이야기를 했던가. '고전이란 모두가 들어봤지만 아무도 읽지 않은 책을 말한다.'

그래도 가끔 고전을 사놓는다. 없는 것보다는 낫다는 생각이 들어서다. 언젠가는 읽을 예정이기 때문이다. 아무 예정이 없는 것보다는 낫겠지 싶어서다. 그렇게 예전에 사둔 고전을 긴 시간에 걸쳐 야금야금 읽고 있다. 이 책도 꽤 오래 전부터 책장 구석에 꽂혀 있었다.

맨 처음 읽었을 때는 무슨 소린지 하나도 모르겠어서 그저 책장을 넘기는 것만으로도 벅찼는데, 서른이 넘어 다시 읽으니 온 문장에 줄을 치는 내가 있었다. 인생이란 내가 나에게 이르는 길을 발견하는 일. 알을 깨고 나와 새로운 사람이 되는 일. 스스로를 부정하고 의심하면서 결국 나는 내가 된다….

헤르만 헤세Herman Hesse의 소설은 대부분 읽었지만 그중에서도 이 책을 가장 좋아한다. 읽을 때마다 느낌이 달라져서 조만간 한 번 더 읽을 것이다.

084

　　새 책을 준비하는 기간에는 일상이 한없이 단출해
진다. 사람을 덜 만나고, 외출 자체를 자제하지만 식사와 운동만
큼은 규칙적으로 한다. 매일 쓰고 읽기를 반복한다. 머릿속은 온
갖 생각으로 가득하지만 마음만큼은 차분해진다. 잘 자지 못하
고 종종 스트레스도 받지만 감당할 수 있을 정도다.

　오늘 이런 일상에 대해 말했더니 상담사 선생님은 말씀하셨다.
"그 일이 신회 씨의 자기 일인가 보네요. 자기 일을 만난 사람들
이 그렇지요." 그 말에 선생님께 심리 상담일이 선생님의 일이
라고 생각하시냐고 물었더니 그렇다고 대답하셨다. 나는 말했
다. "우리는 행운아네요."

　따지고 보면 글 쓰며 사는 삶은 내가 하고 싶었던 일이기도 하
지만, 하기 싫었던 일을 피해오다가 만난 일이기도 하다. 살면서
이 일만큼 감당할 수 있다고 여겨지는 일이 없었다. 십여 년간

해온 방송작가 일은 매일매일이 힘들었고, 누군가를 가르치는 일도 즐거움보다 스트레스가 컸다. 그렇다고 조직에 들어가 출퇴근을 반복하는 일을 하자니 그 역시 해낼 자신이 없었다.

하지만 글쓰기는 아니다. 글을 쓰지 않으면 죽을 것 같다는 생각은 안 하지만 이거 말고 뭘 할지를 떠올리면 생각나는 게 없다. 그래서 대부분의 시간을 만족하고, 즐거운 마음으로 한다.

이런 생각을 하다 보니 나는 복 받은 사람이 맞는 것 같다. 피하고 싶은 것을 피할 수 있었다는 것 자체가 특권이다. 하고 싶은 일을 하면서 살 수 있다는 것 자체가 특권이다. 멋쩍게도, 깊이 감사함을 느끼게 되는 하루.

공지영 │ 한겨레출판

사회문제에 대한 고발성 작품들을 써온 소설가 공지영이 한없이
가벼운 이야기만 쓰기로 하고 신문에 연재를 시작한다. 그 원고
들을 모아 펴낸 책은 제목부터 하늘하늘 날아갈 것 같다.

친구들 이야기, 아이들 이야기, 한 인간으로서 일상을 살아가며
고민하게 되는 것들이 부드럽고 정겨운 문장들로 펼쳐진다. 읽
는 동안 여러 번 킥킥댔고 불쑥 튀어나오는 위로의 문장들에 마
음이 노곤노곤해졌다. '상처에 관해서는 개인적으로 좀 할 말이
있는 사람'이라는 그의 말에 고개가 끄덕여졌고 '마음에도 근육
이 있다'고 말하는 씩씩함에 용기를 얻었다.

책의 마지막에는 작가가 스스로를 인터뷰한 내용이 실려 있는
데, 이 책의 후기를 듣는 것 같아 좋았다. 그 인터뷰를 진행하면
서 '그동안 인터뷰어가 하는 질문이 진부한 것이 아니라 내가 진
부한 거였다'고 깨달았다는 문장에 웃음이 났다. 내가 나를 인터
뷰해도 사정은 비슷하겠지?

그는 쓰는 동안 최대한 가볍게 쓰기 위해 자신과의 싸움을 했다
고 말했지만, 책의 마지막은 역시 그답게 심오한 이야기로 마무
리된다. 소설가 공지영의 또 다른 모습을 만나고 싶은 사람들에
게 반가울 책이다.

좋아하는 작가의 여행 에세이가 새로 나와서 읽었는데
재미가 없다.
곰곰이 생각해봤더니 그 이유는
남이 여행하는 이야기 듣는 것 말고
내가 하는 여행이 하고 싶어서.

하지만 당장 여행을 떠날 수는 없어서
예전에 여행 가서 쓴 수첩을 들여다보았다.
바랜 종이 위에 이런 말이 적혀 있었다.

부모님이 탐탁지 않아 하시던 여행엘 왔다.
한밤중에 발코니에 서서 이런 생각을 했다.
효도하고 싶다.

야. 그냥 집에 있어라.

중학교에 올라가는 첫째 조카의 독서 지도를 해주기로 했다. 재능기부로. 독서 지도라고 하니 거창하게 들리지만 같은 책을 읽고 이야기를 나누는 북클럽 같은 거다. 조카에게 조금이나마 도움이 될 것 같은 책을 물색하다가 '세계 명작 단편소설 모음집'을 골랐다. 나 역시 어렸을 때 읽었던 작품들이지만 지금은 내용이 가물가물하니 다시 읽어보면 좋을 것 같았다.

사춘기 아이들은 대하기 쉽지 않다. 언니도 종종 어려움을 호소하고, 나 역시 그런 나이대의 아이들을 어떻게 대해야 할지 모르겠다. 하지만 조카는 자기 부모한테는 어떻게 하는지 몰라도 나한테는 착하게 군다. 조카는 성실하게 책을 읽어왔고 그에 대한 감상을 들려줬다. 나도 다시 읽으며 느꼈던 점을 나눴다. 작품 배경이나 작가에 대한 정보를 미리 조사해서 이야기해줬더니 흥미로워했다.

그러는 동안 조카는 자연스럽게 학교에서 있었던 일, 친구들과

한 이야기를 꺼내놓았다. 그것만 해도 충분하다 싶었다. 함께하는 동안 지루하지 않고, 다음 시간이 부담스럽지 않으면 되는 것. 한 시간 동안의 독서 수업은 성공적이었다.

조카랑은 일주일에 한 번 만나서 이런 식으로 공부하기로 했다.

1. 단편 소설 두 편을 정해서 미리 읽어온다

2. 줄거리를 요약해서 서로에게 들려준다

3. 주제를 한 문장으로 요약해본다

4. 작품 해석에 도움이 될 만한 정보, 작가에 대한 이야기를
   (내가) 준비한다

5. 인상 깊었던 문장에는 밑줄을 긋고, 서로의 밑줄을 공개한다

6. 모르는 단어는 표시해둔다 (나중에 내가 알려준다)

우짜든 시작했으니 같이 책 한 권은 끝내보는 걸로.

안나 회글룬드 | 우리학교

이제껏 살면서 십 대 시절에 가장 많은 생각을 했던 것 같다. 가
장 많은 이야기를 했고, 가장 많은 음악을 들었다. 가장 많이 웃
었지만 가장 많이 울기도 했다. 하루하루가 못마땅한 것투성이
였다.

'로사' 역시 마찬가지다. 혼자 있는 시간에는 거울을 내려 자신
의 성기를 관찰하고, 늦어지는 월경에 대해 고민한다. 짝사랑하
는 남자 때문에 눈물을 흘리고 멀어진 친구들에 대한 원망을 쏟
아놓는다. 하지만 자신을 끈질기게 따라오는 낯선 감정들을 거
추장스러워하면서도 생각하고 상상하기를 멈추지 않는다.

그러다 여자와 남자는 왜 다른지에 의문을 갖게 되면서 사회에
만연한 여성 차별에 대한 만화를 그리기 시작한다. 로사는 자신
의 이야기를 통해 여성의 이야기를 한다. 솔직한 글 외에도 어둡
고 사실적인 그림들이 온갖 생각할 거리들을 던져준다.

작가는 '열네 살 즈음에 자신에게 필요한 책을 만들려 노력했고,
그 시절의 자신으로부터 이 책이 태어났다'고 썼다. 나는 좋았던
이 책, 열네 살 조카는 어떻게 읽으려나?

086

　　요즘 PT쌤이 파이팅이 넘쳐서 유난히 운동이 고되다. PT쌤은 두 달 후에 있을 보디 프로필 촬영 때문에 요즘 맹다이어트 중인데 하루에 햇반 작은 거랑 닭가슴살 작은 것만 다섯 번에 걸쳐 먹는다고 한다. 생각만 해도 끔찍하다는 표정을 지으니 주말 하루는 치팅 데이로 정해서 일어나자마자 먹고 싶은 걸 다 먹는다고. 그래서 일주일 내내 주말이 기다려진다고. 그 기분 너무 알죠. 저는 매일이 치팅 데이인데요….

유난히 열정적으로 하체 운동을 시키며 식이요법의 이점, 그로 인한 몸의 변화에 대해 열변을 토하는 쌤의 모습에 몇 년 전 운동중독을 앓던 내 모습이 떠올랐다. 그때는 사람들을 만날 때마다 운동 이야기만 했다. 운동해, 운동 안 하면 큰일 나, 몸에 좋은 거 먹어야 돼! 이러면서 시키지도 않은 일장연설을 했었는데, 그때 친구들은 분명 날 미워했을 것 같다. 내가 쌤이 이렇게

얄미운 걸 보면. 좋은 걸 권한다는 걸 알지만 자꾸 권하는 사람
은 좀 그렇지 않나.

그래서 쌤에게도 말했다. "선생님, 요즘 못됐어요." 사람 좋은
쌤은 그 말에 허허허 잠시 웃다가도 금세 하체 운동을 가열하게
시키기 시작했다.

운동이 다 끝나고는 다리가 잘 움직이지 않아서 집까지 유난히
긴 시간을 들여 아장아장 걸어왔다.

나는 뚱뚱하게 살기로 했다

제스 베이커 | 웨일북

세상이 강요하는 아름다움에 반기를 들며 '나는 뚱뚱하지만 행복하다'를 외치는 제스 베이커Jes Baker. 그는 자신의 SNS에 비키니 입은 사진을 올리며 자기 몸 사랑하기를 실천한다. 하지만 그런 게시물에는 악성 댓글이 줄줄이 달리고 많은 사람들의 비난을 듣는다.

그러나 그는 이를 통해 얼마나 많은 여성들이 자신의 몸을 미워하며 사는지를 깨닫는다. 그래서 날씬한 모델만 쓰는 의류 브랜드 광고를 패러디하고, 사이즈가 작은 옷들만을 판매하는 브랜드에 항의 서신을 보낸다. 적극적인 행동을 통해 '나의 몸을 사랑하자'는 캠페인을 벌이는 것이다.

이 책을 읽는 동안 뭐라 말할 수 없는 후련함을 느꼈다. 내 모습이 어떻건 그 몸을 받아들이고 긍정하는 방법은 뭐가 있을지를 생각해보게 됐다. 나로 말할 것 같으면 더 이상 다이어트를 하지 않는 것으로 그 다짐을 실천 중이다. 화장을 덜 하고 외모를 덜 꾸민다. 몸과 얼굴에 대해 생각하는 시간을 최소한으로 한다. 그러고 나니 소비가 줄었고 시간이 남는다. 그렇게 지내는 일상은 그 전의 일상보다 더 만족스럽다.

087

오늘 언니랑 나눈 대화.

- 동정받는 걸 끊어야 해. 슬프거나 힘든 얘기를 해서 사람들 안
  심시키는 거.
- 불행 공유하는 걸로 돈독해지는 거?
- 그렇지. 그게 위안인 것 같아도 결국은 불행해지더라고.
- 으흠. 그럼 그 감정은 어떻게 푸나. 내가 느끼는 감정을 무시하
  면서 살 수는 없잖아.
- 그렇긴 한데 요즘에는 억지로라도 좋은 얘기, 긍정적인 얘기
  를 많이 하려고 해. 그러는 사람이 좋아 보이더라고. 불행해도
  불행하지 않게 얘기하는 거 말야.
- 그래. 그렇게 함으로써 주고받는 에너지가 또 있지.
- 응. 예를 들어 어떤 사람이 나에게 이렇게 대해서 내가 화가 나
  고 슬펐고 흥분이 됐고… 이렇게 감정을 쏟아내는 게 아니라,

그 사람이 나에게 이런 일을 했어. 좀 슬프더라. 이 정도로만 담담하게 말하는 거지.

- 그냥 자기 느낌을 인정만 하는 거야? 담담하게?

- 응. 그냥 사실을 이야기하는 식으로. 그럼 듣는 사람도 덜 부담스럽더라고.

- 대화는 그렇게 할 수 있다 쳐도 감정에 대해서는 해소가 필요하잖아.

- 그래도 해소는 돼. 자기 감정을 털어놓은 거니까. 꼭 분노하고 열폭하지 않아도, 이야기하는 것만으로도 해소되니까.

- 어떤 말인지는 알겠다. 근데 어렵네.

- … 나도 잘 안 돼.

나는 울 때마다 엄마 얼굴이 된다

이슬아 | 문학동네

친구랑은 별 이야기 다 할 수 있지만 가족하고는 할 말 못 할 말이 정해져 있다. 성에 대한 이야기도 그렇고, 가족 구성원이나 친척 흉을 속 시원히 보기도 그래서 이만하면 적당하다 싶은 대화만 나누게 된다.

그런데 이 책의 작가와 엄마는 그렇지 않다. 엄마는 딸에게 너를 가진 날 아빠와 어디서 어떻게 사랑을 나누었는지, 아이를 갖기 위해 남자와 여자가 무엇을 어떻게 해야 하는지를 구체적으로 알려준다. 딸 역시 엄마를 창피해했던 순간들을 고백하며 말한다. '내가 초라해 보일 때 괜히 엄마를 미워해보는 것은 딸들이 자주 하는 일 중 하나'라고. 그러면서도 딸은 금세 엄마를 사랑한다는 사실을 깨닫고, 엄마는 딸 앞에서 늘 당당하다.

이 책에 대해 '우연히 만난 두 사람의 우정 이야기'라고 쓴 작가의 말에 산뜻함이 느껴졌다. 그가 그린, 세상 어디에도 없을 그림도 매력적이다.

엄마의 작은 가슴과 큰 엉덩이를 닮았다는 이슬아 작가. 하지만 그가 가장 닮은 건 엄마의 솔직함과 사랑스러움인 것 같다. 읽는 내내 누군가의 가슴에 기대 낮잠을 자는 기분이었다.

———

'이만하면 됐다' 저금통을 만들었다.
하루가 저물 무렵,
오늘 하루는 이만하면 충분한 것 같다는 생각이 들면
천 원을 넣는 것이다.
매달 말일에 열어서 혼자 치킨을 시켜 먹기로 했다.
셀프 토닥통닭.

———

거제도에 사는 제니 언니가 얼마 전 새 시집을 내고 서울에서 낭독회를 갖는다. 며칠 전 낭독회 티켓 예매 페이지가 뜬 지 이십칠 초 만에 마감이 됐다고 한다. 엄챙이 티켓팅에 도전했는데 당연히 실패. 그래도 먼 길 온 언니 얼굴이라도 보려고 대학로 〈위트 앤 시니컬〉로 갔다.

낭독회가 있기 전에 언니랑 오랜만에 이야기를 나눴다. 엄챙과 내가 연락을 안 하고 지내던 시절, 우리가 그 소식을 전하지 않았는데도 언니는 눈치채고 있었다고 한다. 그리고 이렇게 같이 만날 수 있어서 얼마나 좋냐, 했다.

제니 언니랑은 자주 만나지는 못하지만 좋은 사이다. 나는 언니에게 이따금 편지를 쓰고, 언니는 답장을 보낸다. 나는 그 답장을 읽으면서 운다. 그러다 언니를 직접 만나면 좋으면서도 조금 긴장이 된다. 이야기들을 하나하나 허투루 듣고 싶지 않아서다.

낭독회가 진행될 때 뒤에서 슬쩍 구경했는데, 관객 중 언니가 조사 하나만 발음해도 세차게 고개를 끄덕이는 사람이 있었다. 작은 몸으로 언니의 말 한마디 한마디에 열심히 고개를 끄덕이는 모습을 보고 있으니 나까지 마음이 울렁울렁.

저 사람은 이 시간을 얼마나 기다렸을까. 많은 사람들이 언니의 이런 자리를 간절히 기다리고 있다는 것, 언니도 알까.

이제니 | 문학과지성사

그날 제니 언니는 시집《그리하여 흘려 쓴 것들》중 '발화 연습 문장' 부분을 낭독했다. 분량으로 따지자면 시집의 사분의 일 정도. 대화 및 질문 시간도 거의 없이 엄청난 양의 시를 읽은 것이다. 나는 언니가 말을 많이 하는 게 좋은데, 언니는 시를 많이 읽는 게 더 좋다고 했다. 우리는 달라도 너무 다르다.

이 시집은 읽는데 유난히 시간이 많이 걸렸다. 첫 페이지에 있는 시인의 말을 읽고 나서 한동안 페이지를 들출 엄두가 나지 않았다. 시인의 말만 읽고 울고 읽고 멍해지고, 한참을 그러고 있었다. 시간이 지나, 한 편씩 읽는 동안 이제까지 한 번도 가본 적 없는 자연을 혼자 걷고 있는 느낌이 들었다. 바람도 낯설고, 땅도 낯설고, 가끔은 모르는 동물과 식물도 보이는 곳. 하지만 이상하게 무섭지가 않은 곳. 그렇게 한참을 걷다 보니 제자리로 돌아와 있었다. 하염없이 혼자만의 시간을 보내고 나서 말간 얼굴로 집에 돌아온 사람처럼 마음이 조용해졌다. 그 마음속에는 이 문장이 선명히 남아 있었다. '네 자신을 걸어둔 곳이 너의 집이다.'

언니는 이 시집에 앞서 두 권의 시집을 냈는데, 나는 그 시집들을 몇 년에 걸쳐 조금씩 다시 읽고 있다. 이 시집도 그렇게 될 거다.

089

집에서 작업을 하다 문득 부모님 안부가 궁금해 전화를 걸었다. 엄마는 귀가 약한 편인데, 요즘 더 안 좋아지셨는지 전화를 받자마자 소리가 잘 안 들린다고 하신다. 오랜만에 대화를 좀 나눠볼까 했더니 엄마가 불편해하시는 것 같아서 금방 전화를 끊었다. 그리고 나니 엄마에게 문자가 왔다.

니 목소리가 요즘 편치 않은지?

아니라고 했다. 나는 작업 열심히 하면서 잘 지낸다고 했다. 그냥 안부 전화 한 건데 엄마 귀가 많이 안 좋으신 모양이라고 했더니 한 시간 뒤에 답이 왔다.

아니

그렇담 다행이고요, 라고 답을 보내니 답장이 왔다.

알

(알았다는 뜻이다)

한참 있다 다시 문자가 왔다.

귀리 먹고 있나?

갑분또귀.

롤랑 바르트 | 이순

롤랑 바르트Roland Barthes는 어머니가 돌아가시자마자 매일 짧은 메모를 남겼다. 강연을 하고, 원고를 쓰고, 그 외의 업무들을 감당하는 사이사이에 메모를 쓰며 어머니를 애도하는 시간을 가졌다. 그는 애도란 '꼼짝도 할 수 없는 상태, 그 어떤 방어 수단도 없는 상황'이라고 썼다. '똑같은 박자로 중단 없이 지속되는 아주 특이한 무엇'이라고도 했다. 어머니가 세상을 떠나고 나서 '다른 사람들에게서 보이는 생의 의지를 견딜 수 없어' 하면서도 담담하게 자기 안에서 벌어지는 일들에 대해 적었다.

만약 내가 죽으면 애도 일기를 쓸 사람이 있을까? 만약 있다면 나는 죽어서도 그 마음을 느낄 수 있을 것 같다. 반대로 내가 누군가를 잃고 나서 애도 일기를 쓸 수 있을까? 아무리 생각해봐도 자신이 없다. 그 생각을 하며 읽으니 그가 남긴 메모들이 더 절절하게 다가왔다.

나는 엄마를 잃고 이런 일기를 쓸 수 있을까? 어휴, 상상도 안 된다.

오랜만에 지예를 만났다. 롯데월드몰에서 지예를 기다리면서 옷을 좀 사기로 했는데 아무리 고르고 입어봐도 다하찮아 보였다. 옷도 하찮고 나도 하찮고. 무슨 옷을 어떻게 사야 할지 막막했다. 점점 기분이 가라앉았다.

잠시 후 지예가 왔다. 잠깐 못 만나는 동안 벌어진 이야기들을 듣고 떠들다 보니 엘리베이터를 타고 이동하는 시간이 아까울 정도였다. 계속 떠들면서 저녁을 먹고, 차를 마시러 다른 곳으로 자리를 옮기는 동안 옷가게가 보였다. 옷가게에 구경하러 들어가는 것도 머뭇거리는 나랑은 달리, 지예는 가게에 들어가자마자 스커트 하나를 골랐다. 알록달록 누가 봐도 잘 어울리는 옷을 척 골라서 척 샀다.

그렇게 호기롭게 쇼핑을 하는 지예를 보고 얘기했다. 나도 옷 사고 싶은데 뭘 사야 할지 모르겠어. 지예는 말했다. 언니 가요! 옷 사러 가요! 지예는 나를 이끌고 앞장 섰다.

지예는 내가 머뭇거릴 때마다 언니 같이 가요!라고 말한다. 별거 아닌 일로 끙끙댈 때마다 언니, 그럴 수 있어요! 하고 이야기한다. 매일 온갖 걱정을 이어가는 나를 보고 그런 거 알아요!라고 반응한다. 그래서 늘 의지하게 되지만 알고 있다. 지예 역시 세심하고 예민한 사람이라서 그런 내 모습이 보이는 거라는 걸.

지예의 씩씩한 발걸음에 이끌려간 매장에서 마음에 드는 원피스를 두 벌 샀다. 평소라면 비싸다고 머뭇거렸을, 이런 거 없어도 산다고 넘기고 말았을 옷들이 든 쇼핑백을 들고 걷는 길에 마음이 빵빵해졌다. 하지만 이 기분은 손에 든 물건이 아니라 지예가 만들어준 것.

장 자끄 상뻬 | 미메시스

지예와 나는 작년에 파리 여행을 했다. 요즘도 가끔 그때 찍은 사진을 주고받으며 그 시간을 추억한다. 친구와 여행을 가는 건 그 순간도 좋지만 다녀와서도 좋다. 같은 이야기를 하면서 추억에 젖고, 각기 다른 기억을 꺼내놓으며 또 한 번 웃는다. 같은 시간을 보내서인지 무언가를 함께 만들어냈다는 실감도 든다. 이 책을 읽으면서 우리가 한 여행이 생각났다.

프랑스의 다양한 풍경들, 그 안에 담긴 사람들의 사연이 짧은 문장들과 함께 펼쳐지는 책이다. 장 자끄 상뻬Jean-Jacque Sempe 특유의 부드러운 터치로 세밀하게 그린 그림들 안에 각각의 드라마를 가진 사람들이 있었다. 누군가의 평범한 삶이 누군가에게는 사진이 되고 그림이 된다. 내가 파리에서 느꼈던 수많은 시간이 그랬던 것처럼.

장 자끄 상뻬가 직접 걸은 프랑스 구석구석을 살펴보니 여러 배우들이 출연하는 옴니버스 영화를 보는 느낌이 들었다. 그의 책 《파리 스케치》야말로 파리에 대해 이야기하는 책이지만, 나는 그림 외에도 다양한 이야기가 실려 있는 이 책이 더 좋았다.

파리가 그리워질 때 읽는 책. 파리에 갈 때 들고 가면 좋을 책. 파리에 가기 전에 읽어도 좋을 책이다.

———

봄이 온다.
아직은 멀리 있지만 분명히 오고 있다.
겨울을 버틴 나에게 줄 상을 들고
그게 깨지지 않게,
조심조심 걸어서 오는 중인지
엄청 천천히 오고 있다.

———

요즘엔 종종 남자친구와 아침에 만난다. 아침밥을 먹고, 시간 여유가 되면 차도 마신다.

얼마 전에는 을지로 〈문화옥〉에서 설렁탕을 먹었고, 며칠 전에는 〈명동교자〉에서 칼국수랑 만두를 먹었다. 강남역 〈쉑쉑Shack Shack〉에서 햄버거도 먹었다. 메뉴는 다 내가 먹고 싶은 걸로 정한다. 조만간 곱창 쌀국수를 먹을 예정인데 이 역시 나 혼자 정한 거다. 그는 뭐든 잘 먹는다.

우리는 만나서 대화는 최소한으로 하고 열심히 먹는다. 밥을 다 먹고 나서는 흐뭇해진 얼굴로 오늘 즐거웠어! 좋은 하루 보내! 하면서 헤어진다. 그리고는 각자의 장소에서 각자의 하루를 시작한다. 단순하고도 명료한 데이트다.

마리아 알렉산드라 베티스, 스테파니 콩던 반스 | 책읽는수요일

서로 3191마일 떨어진 곳에 사는 두 사람이 각자의 아침 풍경을 사진으로 찍어 블로그에 올린다. 매일 다른 아침의 공기, 온도까지 느껴지는 사진들은 많은 네티즌들에게 공감을 얻고, 두 사람은 그 기록을 책으로 엮어낸다. 아침을 좋아하는 사람들이 만든 책이다.

이 책은 별다른 설명 없이도 두 사람이 보낸 아침을 상상하게 한다. 아이들이 신은 장화로 비가 내렸음을 알게 되고, 김이 모락모락 나는 커피 잔으로 아침 공기의 서늘함을 짐작할 수 있다. 무엇보다 좋았던 것은 각자의 아침밥 사진들. 달걀, 빵, 과일, 요거트 등으로 단순하지만 아름답게 차린 밥상 사진들은 하나씩 잘라 액자로 만들어놓고 싶었다.

이 책은 몇 년 전, 도쿄 롯폰기에 있는 서점 〈아오야마 북센터〉에서 발견했다. 영어로 쓰여진 책이었지만 보자마자 반해서 구입했는데, 몇 년 뒤 우리나라에도 번역 발간되었다. 내가 좋았던 책을 누군가 역시 좋아서 번역했다는 사실만으로 무척 반가웠던 책. 하지만 번역본은 사진의 선명함이 조금 떨어져서 아쉬웠다.

요즘은 부쩍 사람들을 많이 만나는데도 피곤하지가 않다.

잠도 잘 자고 일찍 일어난다.

아무래도 좋아하는 사람들만 만나서 그런 것 같다.

그러고 보면 요즘 내가 만나는 사람들은 정해져 있고,

그들은 결코 나를 피곤하게 하지 않는다.

그동안 내가 사람들을 만나며 금세 피곤함을 느꼈던 이유는

내키지 않는 사람들도 자주 만나왔기 때문이다.

안 해도 될 약속을 잡고 부담스러워했기 때문일지도.

이제는 감당할 수 있는 사람들만 만나자.

사십이 년 만의 결심.

———————————————————————— **선 긋기의 기술**

와키 고코 | RHK

처음 일본에 갔을 때, 대중교통이나 길거리에서 사람들이 보이는 질서정연함에 감탄했다. 이런 데 살면 민폐 끼치는 사람들도 없고 얼마나 좋을까. 하지만 요즘은 일본에 갈 때마다 뭐라 말할 수 없이 숨 막히는 공기가 둥둥 떠다니는 느낌이 든다. 그들이 보이는 빈틈없는 매너가 어쩐지 부담스럽게 다가온다.

그런 사람들이 오밀조밀 살아가는 곳이라서 그런지, 유난히 일본에는 눈치 보지 마, 바른 말 해도 돼…라고 말하는 책들이 많다. 그런 말을 듣고 싶은 사람이 많은 거겠지, 우리나라도 비슷하겠지.

이 책은 살면서 겪게 되는 무례하고 난감한 상황들에 해결책을 제시한다. 무엇보다 제일 중요한 것은 나 자신이니, 관계에서 불쑥 선을 넘는 사람들에게 단호해질 필요가 있다고 말한다. 특히 책에서 소개한 아들러의 이론 '과제의 분리'가 마음에 와닿았다. 아이가 공부를 하지 않아 부모가 화를 낸다면, 그것은 공부를 하지 않는 아이의 과제가 아니라 화를 내는 부모의 과제라는 것. 그럴 때일수록 상황과 감정을 분리하고 자신의 감정을 어떻게 해소할지만 생각하면 된다는 말이었다. 머리로는 알겠는데 실천하긴 쉽지 않겠지….

책을 읽는 내내 내 고민을 진지하게 해결해주려 애쓰는 누군가를 마주하는 기분이었다.

093

　　좋아하는 언니를 오랜만에 만났는데, 언니는 요즘 극심한 우울감에 시달리고 있었다. 매일 누가 가슴을 꾹 누르는 것처럼 무겁고 아프고, 계속 심장이 두근거린다고 했다. 언니 얘길 한참 듣고 나서 무슨 말을 해야 할지 엄두가 안 났다. 예전에는 아무렇지 않게 했던 말들, 이를테면 운동을 해봐, 사람들을 자주 만나는 건 어때, 마음을 편히 가져봐… 같은 말들은 죽어도 입 밖으로 나오지 않았다.

힘들어본 적이 있는 사람은 안다. 그런 말들은 아무런 도움이 되지 않는다는 걸. 나는 제대로 된 위로의 말 하나 못 하고 돌아왔다.

다비드 포앙키노스 | 문학동네

남편을 사별하고 실의에 빠져 있는 '나탈리'는 하루하루를 눈물로 보낸다. 사람도 만나지 않고, 건설적인 일도 하지 않지만 출근만큼은 꾸역꾸역 한다. 그러던 어느 날 홧김에 직장 동료(라기보다는 아랫사람인) '마르퀴스'에게 키스를 해버린다. 나탈리는 자기가 무슨 짓을 한 건지 후회스럽지만 순진한 마르퀴스는 '오늘부터 1일인 건가?' 싶어 어리둥절하다.

그날 이후 마르퀴스는 나탈리에게 쭈뼛쭈뼛 다가가고, 나탈리는 순수하고 우직한 그의 모습에 점점 마음이 누그러진다. 다시는 누구도 사랑할 수 없을 것 같던 마음에 조금씩 사랑이 느껴지기 시작하고, 두 사람은 새로운 일상을 펼쳐나간다.

오드리 토투Audrey Tautou 주연의 영화를 인상 깊게 보고, 원작이 소설이라는 말에 이 책도 찾아 읽었다. 책 역시 영화처럼 감각적이고 편안하다. 하지만 책과 영화 중 하나를 선택하자면 영화. 책은 한 번만 읽었지만 영화는 여러 번 봐도 계속 훈훈하고 귀엽다.

094

엄챙과 엄챙의 후배 방차장을 이 년 만에 만났다. 방차장은 몇 년 전에 내 에세이 수업을 들은 학생이기도 하다. 마지막 만난 게 이 년 전이라니. 누나가 바쁘잖아요, 니가 먼저 연락 좀 하지 그랬냐? 같은 이야기를 하면서 라멘을 먹고 맥주를 마셨다.

에세이 수업을 할 때도 느꼈지만 회사원인 방차장은 글을 잘 쓴다. 언젠가 자기 글로 된 책을 내고 싶은 마음도 있다. 요즘도 글 쓰냐, 글 잘 쓰는데 왜 안 쓰냐, 뭐 이런 이야기를 하다가 방차장이 말했다.

"누나가 수업 때 박정민 산문집 소개해줬잖아요. 저는 그걸 읽고 느낀 충격이 아직도 기억이 나요. 너무 잘 써서!"

우리는 그 말에 너도 그렇게 글 쓸 수 있다, 너도 글 잘 쓴다, 등등 극심한 격려를 시작했고, 그 말을 들은 방차장은 맥주를 벌컥벌컥 마시더니 주먹을 꽈악 쥐었다.

"저도 박정민 같은 글 쓰고 싶어요. 되게 쓰고 싶어요. 부숴버리고 싶어요, 박정민을! 여기까집니다!"

그 말이 너무 처절해서 우리는 제안했다. '쓸 만한 인간' 말고 '쓸 만한 한남' 어떠니. 이름은 방정민으로 하고. 그 말에 방차장은 방긋 웃으며 자기는 한남 개저씨니까 가능할 것 같다고 했다. 그러더니 또 맥주를 시키고, 마치 밑이 깨진 컵으로 마시는 사람처럼 금세 잔을 비웠다.

그 이후에도 우리는 심각한 이야기, 쓸데없는 이야기를 잔뜩 하고는 허허 낄낄 웃으면서 헤어졌다. 집으로 가는 길에 생각했다. 오늘은 좋아하는 사람들하고 진심으로 웃었구나.

이 책을 읽었을 때 두 가지 느낌을 동시에 받았다. 신선하다. 그리고 짜증난다. 첫 번째는 감각적인 구성과 개성 있는 문장이 미칠 듯 매력적이었기 때문이고 두 번째는 이 사람은 연기도 잘하는데 글도 왜 이렇게 잘 써? 하는 생각이 들어서다.

그의 글에는 일부러 이렇게 쓰라고 해도 못 쓸 신선함이 흘러넘쳤다. 글쓰기를 직업으로 하는 사람에게서는 좀처럼 엿볼 수 없는 개성이 느껴졌다. 다 읽고 나니 마음이 복잡해졌다. 나는 죽어도 이런 글 쓸 수 없겠지…. 문학성으로 소문난 유명작가들의 작품을 읽을 때와는 차원이 다른 패배감이 들었다.

배우로서의 삶, 아들로서의 삶, 친구로서의 삶 등 소소한 에피소드들이 유쾌하면서도 찌질하게(!) 펼쳐지는데, 그가 이제껏 선보인 연기처럼 그의 글 역시 삶을 깊숙이 관찰하고 살아낸 결과라는 생각이 들었다. 읽다 보면 그의 일상을 뒤꽁무니 밟는 느낌이 든다. 다 읽고 나면 어느새 '작가 박정민'의 팬이 된다.

바Bar에서 그림을 그리는 모임에 다녀왔다. 정확한 명칭은 '아트 나이트Art Night'. 생전 처음 해보는 거였는데 남자친구 나라에서는 대중적인 모임이라고 한다. 다 같이 바에 모여서 술이나 음료를 마시면서 그림을 그린다. 그림은 샘플이 정해져 있어서 멘토의 설명을 따라 같은 그림을 그린다. 입장권에 음료 한 잔을 마실 수 있고, 그림 그리는데 필요한 모든 도구(이젤, 캔버스, 붓, 물감 등)는 현장에서 제공된다.

오늘의 주제는 눈이 내린 노을 풍경 그리기. 보라색, 주황색, 핑크색이 그러데이션 된 노을, 나무 위에 소복이 쌓인 눈을 표현해내는 것이 포인트였다. 독특한 경험이 될 것 같으면서도 마음속에는 부담감이 있었다. 그림은 그려본 적도 없는데 어려운 거 아냐? 나 그림 못 그리는데? 즐기러 온 곳에서도 잘 못할까 봐 긴장이 됐다.

결과적으로 잘 그리지는 못했지만 그림을 그리던 세 시간 동안 머릿속 생각이 날아가는 걸 경험했다. 아, 그림을 그리면 아무 생각이 안 난다는 말이 이런 거였구나. 하지만 그러는 것도 잠시, 남자친구와 내 그림을 비교하면서 캔버스 위에 떡칠을 하기 시작했다. 그런 내 모습을 본 남자친구는 말했다. "성격 나온다."

그래도 그림 하나를 완성하고 나니 마음 안에 작은 용기가 피어났다. 몰랐던 것에 하나씩 도전해보는 것. 긴장이 되더라도 해보는 것. 난 오늘 그걸 한 거다.

나무를 그리다

브루노 무나리 | 두성북스

처음으로 나무를 그려보면서 마음이 안정되어가는 걸 느꼈다. 좋아하는 걸 그리는 것은 안정감을 주는구나. 그래서 우연히 서점에서 이 책을 만났을 때 나를 위한 책 같아 반가웠다.

나무가 커가는 모습, 기후에 따라 달라지는 나무의 모습을 소개하며 '다양한 나무 그리기'에 대해 알려주는 책. 바람에 휘어진 가지, 유난히 가지가 들쭉날쭉한 나무, 밑동이 두꺼운 나무, 앙상한 나무 등 각기 다른 나무의 모습을 보면 그림의 시작은 관찰이라는 것을 깨닫게 된다. 그리고 나 역시 따라서 그려보고 싶어진다.

한 장 한 장 넘기다 보면 나무 사이를 걷는 것처럼 마음이 차분해진다. 다정한 말로 쓰인 나무 관찰기&그림 교본쯤 되려나. 알고 보니 이 책을 쓴 사람은 이탈리아의 유명 예술가라고 한다. 지금은 세상에 없는.

새벽 늦게까지 잠이 안 와서 침대헤드에 등을 비비고 있는데 갑자기 인생은 고스톱이다!라는 말이 떠올랐다. 무슨 트로트 가사라도 나오나 싶었는데 내 인생에 대한 반성이 이어졌다. 나는 그동안 고! 해야 할 때도 고!를 했지만 스톱! 해야 할 때도 고!를 했지. 룰도 모르고 노름판에 앉아 있는 사람처럼 무조건 고!만 했지.

삼십 대까지만 해도 늘 직진만 일삼는 스스로가 자랑스러웠다. 못 먹어도 고라니 얼마나 진취적이고 희망찬지. 하지만 이제는 알겠다. 난 그때 스톱했어야 했다. 못 먹을 때는 스톱하는 게 더 영리한 선택이라는 걸 알고 이제 와서 맥이 빠진다. 직진밖에 할 줄 몰랐던 내가 놓치고 있었던 것은 포기도 선택이라는 것, 단념할 줄 아는 것도 지혜라는 것….

이제 와 이런 생각을 하면서 그동안의 실수들을 후회한다. 밤에
잠이 안 올 때마다 옛날 일을 곱씹으며 생각에 생각을 거듭한다.
고질병이다.

그동안 스톱하지 못한 내가 오늘은 또 잠을 설치네. 이런 생각도
스톱해야 오늘밤도 무사히 넘긴다는 걸 알면서도 못 멈춘다. 못
먹어도 잡생각 고, 이러고 있다.

이 소설의 주인공이야말로 인생 자체가 고!인 사람이다. 은행에
서 일하는 기혼자 '리카'는 부유한 노년층 고객에게 금융 상품을
제안하고 관리하는 일을 한다. 거동이 자유롭지 않은 고객들은
고액의 돈을 맡기며 거래를 부탁하지만, 그는 그 돈을 조금씩 개
인적으로 사용한다.

그러던 중 고객의 손자인 연하남 '고타'를 만나게 되고 리카의
씀씀이는 점점 헤퍼진다. 곧 채워넣으면 되겠지, 라고 생각하며
써온 돈은 기하급수적으로 불어나고, 리카는 횡령을 막기 위해
불법을 저지르기 시작한다.

이야기가 클라이맥스를 향해가면서 책장을 넘기는 속도는 점점
빨라지고, 동시에 그를 걱정하는 마음에 발을 동동 구르게 됐
다. 그럼에도 불구하고 마음속으로는 기대가 됐다. 이렇게 끝은
아닐 거야… 가쿠다 미쓰요角田 光代는 결국 희망을 말하는 작가
잖아.

가쿠다 미쓰요는 늘 '나의 최애 소설가 베스트 3'에 드는 작가다.
늘 흥미진진한 이야기로 빠져들게 한다. 여성에 대해 뚝심 있게
이야기하는 작가이며, 무엇보다 독자를 배신하지 않는 작품을
쓴다. 이 작품 역시 그랬다.

이 소설은 영화로도 만들어졌는데, 주연을 맡은 미야자와 리에
가 소름 끼치는 연기를 펼쳐서 보는 내내 감탄했다.

며칠 뒤에 집에 갈 일이 있어서 엄마에게 문자를 보냈다.

집에 갈 때 뭐 사갈 거 있어요?

엄마의 답장.

있다. 씩씩하고 세상과 나 자신에게 지지 않고 담대히 잘 살아냈다는 흔적과 건강한 모습.
그거 보여주는 게 나한텐 귀중한 선물이야.

A를 물어보면 G를 대답하시는 엄마. 이럴 땐 나도 G로 대화를 이어가야 한다.

그거라면 너무 잘하고 있죠. 자신 있어요. 엄마는?

답장이 왔다.

나도. 세상 속에서 행복도 발견하며~~~~

큰소리 땅땅 쳤지만 결국 나는 빈손으로 가게 될 것이다.

씩씩함, 담대함 나 그런 거 없어요, 엄마.
그래도 괜찮아요.
나름 살고 있어요.

이렇게 답장을 보내고 싶었지만 그러지 않았다.

R. J. 팔라시오 | 책콩

아픈, 혹은 모자란 아이는 부모의 걱정을 먹고 자란다. 나 역시 그랬다. 잘하는 게 하나도 없었던 나를 엄마는 유난히 안쓰러워 하셨다. 그래서인지 뜬금없는 칭찬과 격려도 많이 받았다. 그럴 때마다 더 위축이 됐다. 엄마가 나와 상관없이 행복한 모습을 더 보고 싶었다.

열 살 '어거스트'는 유전자의 '상염색체열성유전' 돌연변이로 인해 선천적 '하악안면이골증'을 갖고 태어났다. 어렸을 때부터 스물일곱 차례나 수술을 받았고 학교에도 다니지 못했다. 스스로조차 '곤죽같이 뭉개진 조그만 내 얼굴'이라고 말하는 그 얼굴을 본 사람은 다들 놀란다. 이 책은 그가 세상에 발을 내딛고, 좌절하고 성장하는 과정에 대한 이야기다.

나는 특히 어거스트의 부모가 보여주는 느긋함이 좋았다. 두 사람은 어거스트에게 늘 한결같다. 격하게 칭찬하거나 용기를 북돋아주지 않는다. 그저 같은 자리에 머물면서 이야기를 듣고, 책을 읽어주고, 안아준다. 그런 모습에 어거스트 역시 힘든 학교생활에 적응해간다.

소설은 각각의 등장인물들이 자신의 시점에서 이야기를 이어간다. 편안하게 이어지는 문장들임에도 쉴 새 없이 책장이 넘어간다. 어른에게도 청소년들에게도 재미있을 책. 이 소설을 원작으로 만들어진 영화 역시 참 좋았다.

098

　　새 책 원고 마감이 얼마 안 남았다. 며칠째 방구석에 처박혀서 글만 쓰고 글만 읽는다. 사람도 안 만나고 술도 안 마시고 그 좋아하는 〈맛있는 녀석들〉도 안 본다. 아예 TV를 끊었다. 그러다 보니 일기도 쓸 게 없다. 맨날 집구석에 처박혀 있는데 뭘 쓰나. 뭐 먹었는지 써야 되나? (사실 나한테는 중요함) 화장실 몇 번 갔는지 써야 하나? (나에게는 중요함)

원고 작업을 하면서 여러 번 '내가 이걸 왜 한다고 했지?'를 생각했다. 다시 읽어보면 쓰레기 같고 다시 읽어보면 좀 괜찮은 것 같기도 하고, 그러다 다시 읽어보면 망했네, 싶은 글들만 잔뜩 써놨다.

하지만 이제는 안다. 이 짓을 몇 번 반복하다 보면 마감이 끝나 있을 거라는 걸. 이런 과정을 반복하는 일이 내 일이라는 걸.

_____ **이 작은 책은 언제나 나보다 크다**

줌파 라히리 | 마음산책

세계적인 소설가 줌파 라히리Jhumpa Lahiri가 이탈리어와 사랑에
빠진 이야기. 벵골 이민자 출신 미국인인 그는 벵골어, 영어, 라
틴어를 할 줄 알지만 오직 본인의 의지로 이탈리아어 공부를 시
작한다. 로마에 일 년 동안 살면서 더 깊이 학습한 후 이탈리어
로 책 한 권을 써낸다.

나 역시 그동안 여러 외국어를 배워왔고 지금도 공부하고 있지
만, 알고 있다. 아무리 열심히 배워도 우리말을 쓰는 것만큼 할
수는 없을 거라고. 다른 언어를 배울 때마다 그 좌절감은 끈질기
게 나를 따라온다.

그 역시 비슷한 감정을 느낀다. 자신은 벵골어를 쓸 때도 완전치
않고, 영어를 쓸 때도 완전치 않고, 이탈리어를 할 때도 완전치
않다고. 어디서 어떻게 살고 어떤 말을 쓰든 자신이 완전치 않은
사람 같다는 그의 고백에 어깨에 힘이 툭 빠지면서도 절절 끓는
기개가 느껴졌다.

이 책은 한 사람이 무언가에 갖는 애정이 어떤 결과를 가져오는
지를 보여준다. 유명 작가가 아닌 언어를 배우는 사람으로서의
고민과 성장을 지켜보는 설렘도 가득하다. 어찌나 공감되는 문
장이 많았는지 읽으면서 인덱스를 하도 많이 해놔서 인덱스를
한 의미가 없어진 책. 이런 책은 가끔 처음부터 다시 읽는 게 답
이다.

네 마음 알 것 같아.

네가 그런 생각을 한다는 건

이제껏 네가 해온 경험, 네가 보내온 시간

네가 느낀 감정들 때문인 거잖아.

그리고 그런 건 사람마다 다 다른 거잖아.

나는 너를 이해해.

다 이해하진 못한다 해도 존중해.

오늘 남자친구가 한 말.

마르그리트 뒤라스 | 문학동네

좋아한다고 말하는 것, 친절하게 대하는 것, 관심 가져주는 것…
사랑의 방식에는 여러 가지가 있겠지만 우리는 그중에서 사랑을
말하는 일에 가장 인색한 것 같다. 꼭 말을 해야 알아? 같은 말
로 멋쩍음을 숨기고, 게으름을 변명한다.

하지만 오십여 년 동안 매일같이 쓰는 삶을 살았던 뒤라스
Marguerite Duras는 목숨이 다할 때까지 사랑에 대해 말한다. 이 책
은 그가 죽기 전 마지막으로 남긴 작품이며, 이 글을 쓸 때 그의
곁에는 십오 년간 함께해온 연인 얀 앙드레아가 있었다.

그는 건강이 악화되어 힘들어하면서도 연인에 대한 사랑을 이야
기하고 또 이야기한다. 어서 나의 곁으로 오라고, 너처럼 될 수
없다는 게 아쉽다고, 죽을 때까지 너를 사랑할 것이기에 너무 일
찍 죽지 않도록 힘써보겠다고. 절절하게 표현된 그의 사랑은 연
인에게도 가닿았을 테지만 결국은 독자들에게도 전해진다. 왜냐
하면 그가 '말했기' 때문이다.

그가 품었던 감정이 이렇게 글로 남아 있어 다행이라는 생각이
들었다. 책을 읽고는 나도 이제는 좋아하는 사람에게 더 많이 말
해야지. 더 많은 글을 써야지, 를 다짐하게 됐다.

100

"신회 씨는 알차요. 속이 꽉 차 있어요. 신회 씨와 이야기를 하다 보면 그게 느껴져요."

오늘 상담 중에 선생님이 이런 칭찬을 하셨다. 예전 같으면 이런 이야기를 들을 때 아니에요, 하면서 손을 내저었지만 이제는 그러지 않는다.

그냥 고맙습니다, 하면서 웃는다.

그렇게 좋은 말도 들을 줄 아는 연습을 한다.

조제 | 생각정거장

우울증을 앓는 사람에게는 세수하기, 밥 먹기 등 기본적인 일상을 영위하는 일조차 어렵다. 이 책을 쓴 작가는 우울증으로 긴 시간을 보내며 사소한 일도 못 하는 자신을 구박하기보다 하나씩 해낼 때마다 칭찬해주기로 한다. 그는 스스로를 다독이고 자신과 비슷한 사람들에게 용기를 주기 위해 어른을 위한 칭찬책을 썼다.

하루에 두 끼 밥을 먹다니 대단해요! 약을 챙겨 먹다니 장해요! 등 그가 스스로에게 하는 칭찬을 읽어 내려가다가 '나는 오늘도 살아있습니다. 정말 고생했어요!'라고 적힌 부분에서부터 눈물이 터져버렸다.

책은 작가가 쓴 칭찬 일기와 독자를 위해 빈칸으로 남겨둔 칭찬 일기, 그날의 마음을 되돌아보는 마음 일기, 작가의 산문으로 이루어져 있다. 그중 작가의 산문은 그야말로 눈물 페스티벌이다. 읽는 내내 눈물이 하염없이 흘러내려서 감당할 수가 없었다. 그리고 흘린 눈물만큼 위로받았다.

이 책은 나에게 울고 싶을 때 읽는 책이 되었다.

매일 일기를 쓰고

매일 책을 읽었다.

아무리 사소한 일이라도

시간을 들여 글로 적고 나면 특별하게 느껴졌다.

안 읽힐 것 같던 책도

마음으로 읽으면 마음으로 다가왔다.

그 시간을 갖고 나니

내가 보내온 시간을 소중하게 여길 수 있었다.

내 일상에 조금 자신감이 생겼다.

그거면 충분했다.

나는 내 안에 고여 있는 것들을

털어놓을 곳이 필요했던 거다.

아무도 모르게, 간절히.

오늘
마음은_____이 책

2019년 5월 1일 초판 1쇄 발행

지은이 | 김신회
발행인 | 황혜정
책임편집 | 김기남

펴낸곳 | 오브바이포 Of By For
출판등록 | 2017년 9월 19일(제25100-2017-000071호)
주소 | 서울시 동작구 사당로 20길 112
팩스 | 02-6455-9244
내용·구입 문의 | ofbyforbooks@naver.com

ISBN 979-11-962055-3-9 (03810)